Julie Estève

Presque le silence

roman

Stock

Illustration de bande :
Wing of a Blue Roller, Albrecht Dürer
© Graphise Sammlung Albertina,
Vienna Austria/Bridgeman Images

ISBN 978-2-234-08886-3

À Saul

C'est reposant, la tragédie, parce qu'on sait qu'il n'y a plus d'espoir, le sale espoir; qu'on est pris, qu'on est enfin pris comme un rat, avec tout le ciel sur son dos, qu'on n'a plus qu'à crier – pas à gémir, non, pas à se plaindre –, à gueuler à pleine voix ce qu'on avait à dire, qu'on n'avait jamais dit et qu'on ne savait peut-être même pas encore. Et pour rien : pour se le dire à soi.

Jean Anouilh, *Antigone*

Un fou ne fait jamais que réaliser à sa manière la condition humaine.

Jean-Paul Sartre, *L'Être et le Néant*

1

Les papillons

Ça a commencé dans les forêts tropicales et les mangroves en Guyane. Des œufs. Des tas d'œufs. Ils étaient des millions, des montagnes. Les œufs sont devenus des chenilles moches qui ont mangé les feuilles des arbres dont les palétuviers des marais. Leur abdomen était gonflé, leurs poils épais, elles avaient trois paires de pattes.

Pendant des kilomètres, la forêt fut recouverte de ces choses. Elle fut dévorée. La forêt : des troncs et des branches vides.

Un jour, les chenilles se sont changées en papillons de nuit, trapus, triangulaires. Ils étaient jaune et marron. Au crépuscule, ils ont volé vers les villes.

Ils cherchaient la lumière et la mort. Juste la lumière et s'éclater contre un soleil. Claquant leurs ailes, tarés, ils se jetaient sur les lampadaires, les télévisions, se fracassaient contre les phares des bagnoles, les enseignes, les lampes de chevet. Ils rampaient sous les portes, s'infiltraient comme des cafards dans les trous, tabassaient les vitres.

Les femelles, pour protéger leurs œufs, libérèrent des flèches de poison qui se plantèrent dans les chairs, laissant une plaie vive, puis purulente. Bébés, vieillards, tous y passèrent, sans distinction de sexe. Les hommes se barricadèrent. Ils vécurent dans le noir et la peur. Il y eut des cris, des larmes, des visages détruits.

Dans les villages, on trouva des peaux mortes et des gueules cassées, comme à la guerre, des traits pas droits, des moitiés de bouche, des regards blancs.

Les papillons ont migré au nord, au sud, dans les forêts canadiennes, russes, islandaises, au bois de Vincennes, en pleine brousse, dans la jungle thaïlandaise, partout où les arbres poussaient, ils se sont adaptés aux climats, aux espèces, ils se multiplieront jusqu'à ce que les hommes comprennent.

On les appelle les papillons cendres.

J'ai onze ans et je suis amoureuse de pépé Jean. C'est un type petit qui porte des shorts en lin. Il s'affaisse, l'âge. Il me regarde tout le temps. Quand il ne me regarde pas, il écrit des lettres et me dit le monde, les arbres, les hommes.

Je passe l'été plein sud, à Saint-Étienne-d'Estréchoux, un village de pierres et de vieilles personnes. Estréchoux, ce nom m'a toujours paru ridicule. Je disais Saint-Étienne sans la suite quand on me demandait où je partais en vacances. J'imaginais très bien Louis de Funès mâcher la formule entre ses dents et répéter dans un tas de grimaces : Saint-Étienne-d'Estréchoux !

On vit dans une maison pas pratique avec des meubles mités. Toilettes à l'ancienne – pot de chambre. Je construis sur la petite terrasse des structures métalliques avec le Meccano qui appartenait à ma mère. Je passe des heures à fabriquer mes installations, visser, intégrer les boulons, les roues et éventuellement un petit moteur. C'est souvent raté, au mieux bancal. Parfois je joue à la dînette. Mais tourner des épluchures dans une casserole minuscule sur un faux feu, y a pas plus chiant. Je préfère regarder valser le saule ou écouter gueuler les oiseaux. J'attends le moment de la pêche avec le sac en osier et les boîtes d'hameçons.

Il faut marcher quarante minutes pour arriver à la rivière, notre coin. Sur le chemin, on s'arrête dire bonjour à Madeleine qui est vieille, grosse, et seule. Elle me donne toujours un gâteau. Ils parlent avec pépé des autres qui ont mal au dos, aux jambes, qui vont se faire opérer la hanche, de ceux qui sont devenus fous. C'est un genre de péage. Madeleine sent l'eau de toilette. Elle a une barrette rose dans les cheveux et des tabliers à fleurs achetés au marché ; elle ressemble à quelqu'un qui n'a rien vécu. Elle est gentille mais je ne sais pas quoi lui raconter, et ses gâteaux sont secs. J'ai envie de crier fous-nous la paix avec tes histoires, laisse-moi avec lui, tu me voles du temps. Je souris muette et polie, et je chasse les lézards sur les murs, j'aime leur couper la queue. Un vent chaud console mon impatience.

Il y a partout des mûres sauvages au milieu des ronces. Elles sont gorgées de jus. Je les fourre dans ma bouche, elles noircissent mes dents et le contour de mes lèvres. Pépé apprécie ma gourmandise. Il dit: les gens qui aiment manger ne seront jamais tout à fait malheureux. Mon grand-père est veuf, sa femme est morte sur une plaque de verglas. Je ne crois pas que l'on puisse disparaître en glissant – à moins d'avoir un destin de rien. Pépé ment! Je me souviens peu de Paulette, ma grand-mère. Sur les photographies dans les cadres, elle porte un chignon blanc. Il n'en parle jamais.

Quand les gens s'arrangent avec un mort et qu'ils improvisent une fin pourrie, c'est que le mort s'est pendu ou balancé dans le vide. Les suicides se rangent dans les placards de famille.

Le père de Camille Leygues par exemple: tombé d'une échelle un 14 juillet! Camille a gobé le bobard; les enfants n'ont aucun esprit critique. Je n'ai pas insisté auprès de lui parce que je voudrais qu'il m'embrasse avec la langue, et personne n'a envie de rouler une pelle à la vérité.

Pépé me prend souvent la main. Sentir sa main usée dans la mienne me donne l'impression d'écouter Queen à fond dans une voiture. On marche dans les herbes libres et les cailloux, il y a des serpents. Pépé m'apprend à reconnaître les vipères, tête triangle et pupille verticale. On écarte quelques branches et la rivière, froide et claire, est là. Je saute dedans avec mes bottes trouées. Je sens l'eau électriser mes jambes. Sous les pierres, je cueille des vers qui dansent. Je les broie entre mes doigts et j'accroche la purée d'appâts à l'hameçon de ma canne. Écraser les larves me procure une petite joie, un pouvoir sur quelque chose.

On reste côte à côte des heures à répéter les mêmes gestes dans la nature et le silence. Les mots sont sans importance. Lorsque l'un de nous attrape un goujon, on échange un sourire, c'est suffisant. À la rivière, j'oublie l'école. J'oublie que je n'ai pas d'amis, que je ne connais pas les rires ensemble, les soirées pyjamas, les secrets à l'oreille. Pépé ne sait pas que dans la cour de récréation on me crache dessus ; c'est un jeu qui les fait rire. Ils trouvent mes cheveux orange, laids, et le reste pas dans les clous.

La rivière, c'est mieux que la vie, et dans sa beauté je rêve de Camille Leygues. Je le vois dans trente-six jours au centre équestre de Châtenay-Malabry.

Mon grand-père a fait la guerre contre les nazis, il stocke des conserves périmées, des sacs plastique, des vieux journaux – y en a des piles.

Il a une carte d'ancien combattant qui lui offre des avantages pas négligeables, bus gratis, retraite et rente. Tous les mois, il met de l'argent sur un compte pour mes études : je serai vétérinaire. Je fais souffrir les animaux, faut que j'arrête.

Pépé me regarde grandir. J'observe sa fatigue, ses yeux humides qui attendent un orage. Leur couleur n'est plus très franche, le bleu a passé, il tire vers l'aveugle. La peau de son cou est molle. Depuis une semaine, il lui arrive de crier sans préavis. Il a très mal à l'oreille, sa gueule tourne à la tragédie grecque.

Je suis caractérielle, il me dit gentiment. C'est vrai souvent ma voix se casse, la colère. Je ne sais pas pourquoi, sans doute à cause du monde et des questions qui m'écrasent, j'arme ma bouche de phrases cruelles – tu comprends rien/fous-moi la paix/je t'aime plus : celle-là est un bazooka. Je ne l'ai utilisée qu'une fois car sur le visage de mon grand-père est apparu le vide, et j'ai eu envie de mourir. J'ai couru dans les rues pierreuses de Saint-Étienne-d'Estréchoux, mes pieds coincés dans des méduses transparentes, pour échapper à la honte et briser ces quatre mots ensemble : je t'aime plus. Je suis arrivée à la rivière, suante, il faisait lourd sous les nuages, il allait pleuvoir. Je me suis assise sur un rocher plat. Dans ma tête, des images ont pénétré de force, défonçant les murs au pilon et me condamnant à regarder un enfant noir squelettique, un homme qui gueule au volant d'un Land Rover, un cormoran englué de pétrole, un clochard à un feu rouge, un accident de la route, les pompiers, une mère frappant son fils, Tchernobyl. J'ai hurlé, les poings serrés, sur mon rocher plat.

Je voulais juste que pépé me donne son Opinel. Le côté cow-boy de la lame qui se range, je trouvais ça cool. Avec un Opinel, on peut tailler le bois, ouvrir le ventre d'un poiscaille, menacer les autres dans la cour de récréation avec une tronche de chien méchant. Ils auraient chié dans leur froc ! Mais pépé a dit non. J'ai insisté. Non. Allez ! Non. S'il te plaît ! Non. Tu me le prêtes alors ? Va dans ta chambre. Alors tu m'en achètes un. Je veux plus te voir, dégage-moi de là : j'ai sorti le bazooka.

Sur mon rocher plat, j'ai senti les premières gouttes sur mes cheveux, très vite la saucée. J'ai pensé à un caniche roux, c'est comme ça que les autres m'appellent, le Caniche. Bande de cons. Je suis rentrée trempée, bouche fermée tête en bas. Pépé a eu un rire sonore et j'ai couru dans ses bras. Il est allé chercher une serviette pour me sécher. Il m'a embrassée, l'eau de ses yeux à ras bord. La pluie a cessé et on est sortis chasser les escargots dans les talus, aux bords des chemins et dans le petit bois. On les a mis dans une cage à la cave pour les affamer et les faire baver tout ce qu'ils pouvaient.

Le panier en osier est rempli de poissons. Pépé les fait cuire à vif dans une poêle avec l'huile, le sel, le persil. Il fait sombre, et frais. J'allume un feu dans la cheminée. Saint-Étienne-d'Estréchoux, c'est pas la Côte d'Azur. On mange la friture, c'est dégueulasse mais on parle, les bouches luisantes, du cosmos.

Pépé dit que l'univers est un ballon de baudruche qui grandit, ne pète pas et avance grâce à l'énergie qui l'a fait naître, un peu pareil que nous les hommes – naissance, croissance, mais sans la mort au bout. Il existe donc quelque chose, une force increvable qui crée sans relâche et vieillit sans s'effondrer. J'imagine alors un colosse creuser le noir avec ses mains de géant, fouiller le néant, pénétrer l'horizon pour y foutre ses galaxies et ses soleils, gagner du terrain et croître, croître, insatiable, avec l'idée fixe et conne d'envahir le rien pour fabriquer du vide. Des années-lumière de vide. Si ce gros type s'appelle Dieu alors Dieu est un bulldozer, ou un Américain.

Dans mon lit, sous l'édredon qui pèse, je regarde le plafond peler. J'ai laissé la porte bâiller, le feu s'éteindre au fond de la cheminée. Mes yeux restent ouverts, j'ai peur de la nuit.

Je me réveille la gorge pleine de ciment. Dans mon rêve, des nuées de papillons volaient vers la maison de mon grand-père.

Je pisse dans le pot en céramique. L'urine ricoche contre la faïence quand je perçois, dans la brume de ma fatigue, une sorte de gémissement. On dirait un chien qui s'est pris un coup de pompe dans les côtes. Je n'arrive pas à définir de quel côté ça vient. Droite, gauche. Dehors, ici. Je marche les pieds nus sur le carrelage. Je passe devant la cheminée froide, l'angoisse figée dans le thorax. Le silence est si dense que le moindre craquement est une explosion. Je m'approche de la chambre de pépé et me plaque à la porte comme un gecko : il y a le prénom de ma grand-mère, Paulette, qui sort de là. Je distingue le mot oreille. Mon oreille, putain, mon oreille, il dit. Entendre l'amour de sa vie qui étouffe sa douleur dans un traversin, y a pas plus dégueulasse. Je ne bouge pas. Je ne frappe pas. Je retourne dans mon lit pour ne pas abîmer la dignité de mon grand-père ; je pleure sous l'édredon.

Je suis la première debout. La maison sent le bois d'hiver. Il n'y a rien sur la table. Ni lait ni confiture, pas de pain grillé. Pépé dort. Je prends dans la poche de sa veste deux francs cinquante et je cours dans la grande rue vers la petite place. La camionnette du boulanger est garée à côté de l'ancien four. Une queue de cheveux blancs et de cannes attend devant. Madeleine achète une baguette et un gros pain rond pour la semaine. Je regarde ces gens presque morts. Pépé est léger. Eux, lourds. Jambes lentes. Haleine sale. Conversation chiante. Ils sont des écorces de platane. Au milieu de ça, on me trouve jolie alors que je ressemble à un caniche. On touche mes joues lisses. On me laisse passer : je suis Lady Di !

J'achète deux croissants, le boulanger m'en offre un troisième. Je pense à pépé dans son lit qui s'étouffe, il sera heureux de manger du beurre.

Madeleine me tient la grappe. Elle veut absolument nous inviter à dîner. Tu diras à Jean, vendredi ou samedi prochain, comme si elle avait un gala les autres jours de la semaine. Madeleine fait partie de ces vieilles coquettes avec du fard sur les tempes. Pas question d'en parler, et pas possible de me retenir de mépriser Madeleine. Pourquoi ? C'est une dame sympathique. Peut-être qu'elle veut foutre pépé dans son lit. Et puis sa vie de jardin à planter des tomates et des herbes aromatiques ! Madeleine n'a rien donné au monde à part un tas de légumes. J'ai besoin de modèles. Madonna, Freddie Mercury ou Django Reinhardt. Madeleine, c'est personne.

Je ne vois pas pépé ranger les bûches sous l'abri, réparer le vieux réveil, écrire des choses. Je prends une allumette dans la cuisine minuscule et je mets le feu au gaz. Je fais chauffer le lait. J'essaie de ne pas faire de bruit, de ne pas déranger la tristesse de mon grand-père.

Je trempe mon croissant dans le lait. Des billes de gras flottent à la surface. Je n'y devine pas mon avenir comme la Cassandre des Grecs que personne n'a crue lorsqu'elle a prédit la perte et la mort, les massacres en série, son propre meurtre.

Je n'ai pas envie de rentrer chez mes parents. Mon père ne s'intéresse qu'à son chat, vieux et con. Ma mère me manque un peu quand elle plonge dans mes cheveux ses mains longues. Je les appelle une fois par semaine de la cabine téléphonique pour dire la météo, ce que je mange ; nous n'avons rien à partager que le soleil ou la pluie.

Sur la table en bois, je pose la tasse de mon grand-père et la viennoiserie cachée dans une serviette de papier.

Je sors et je marche sur le chemin des châtaigniers qui monte à pic vers un ciel vide, je transpire. Je pense à Camille qui a des manières de duc. Il est blond. Depuis que son père s'est suicidé, il passe son temps avec des poneys. Son préféré est un shetland blanc, il s'appelle Capitaine. Les canassons, moi, j'en ai rien à foutre. Mes parents m'ont inscrite dans un centre équestre pour avoir la paix le samedi et me *sociabiliser*. J'aime pas les poneys, ils schlinguent, chient partout, et faut les décrotter, mais grâce à eux je suis près de Camille. Mon but dans la vie, c'est l'embrasser. Je vais être la meilleure côté bourrins, sauter toutes sortes de haies, gagner des médailles, et Camille ne pourra résister à la cavalière rousse sous sa bombe.

Je ramasse les mûres sauvages dans les ronces qui me griffent, je les mets dans un sac plastique pour le dessert.

Il est treize heures, pépé dort encore. Il n'a pas touché la viennoiserie. J'engouffre le deuxième croissant offert par le boulanger. J'attends que la tristesse de mon grand-père parte avec la poussière. Je fabrique avec le Meccano une installation boiteuse qui ressemble à un squelette d'église. Je m'endors sur la pierre froide.

Il est dix-sept heures, pépé ne sort pas de sa piaule. Je comprends que certaines douleurs prennent du temps. Je ne sais où consigner mon corps. Si je vais à la rivière, alors quand je rentrerai pépé sera près du feu avec son sourire.

La rivière coule et c'est une marche forcée. Depuis combien de temps elle coule comme ça, charriant ses tas de fritures. J'ai un orage dans la gorge. Je me suis assise sur le rocher plat, un serpent d'eau passe à côté, je lui crache dessus. Je squatte au pied de la peur. Je laisse filer les minutes, et dans les minutes il y a mon grand-père debout comme un arbre et moi qui me jette dans ses bras. Je rentre avec un trac qui me lacère.

Il fait nuit. Pépé dort toujours. J'allume la cheminée. Je mange les mûres qui laissent autour de ma bouche des taches violettes.

Le bruit des bûches, mon ventre, le silence.

Je pense à demain quand pépé passera le seuil avec son short en lin et qu'on parlera. Je lui poserai les questions qui fâchent, Paulette ; j'ai tant de questions en moi. Je lui demanderai les détails de sa vie, sa définition de la beauté. Je lui raconterai comment je vais aimer Camille et quand je serai vétérinaire. Je veux grandir dans son regard bleu-blanc.

Un papillon de nuit noir se jette dans les flammes, vingt-trois heures et la vie ferme sa gueule. Je reste assise devant le feu qui disparaît. La chambre de mon grand-père est un pays inaccessible. Mes jambes, des troncs. Je n'arrive pas à faire un pas, j'attends, je me fracasse, dedans.

La nuit est blanche. Je guette les bruits, il n'y a rien.

Pépé est mort.

Je reste dans la baraque trois jours à manger les pots de confiture, droguée à l'espoir que mon grand-père sorte de son trou. Sur la table du salon, le croissant a pourri avec des taches bleues éparses.

C'est Madeleine qui me trouve devant la cheminée éteinte. Elle qui ouvre la porte et crie, secoue pépé, appelle ma mère, dit le décès en larmes et effrayée d'avoir vu sortir de l'oreille de Jean un papillon de nuit noir.

Je vis chez Madeleine jusqu'à ce que mes parents débarquent, pendue, animale, à ses gros bras. Elle est une ombre rassurante et son cou plein de Cologne une bouée au large d'une mer en vrac.

Des phrases braillent dans ma tête : Le papillon a dévoré le cerveau de pépé/Sans pépé je n'ai pas ma place au monde/Sans pépé je suis foutue/Je hais les papillons/Je hais les animaux.

L'enterrement est rapide dans les hauteurs de Saint-Étienne-d'Estréchoux. La terre, la fleur sont jetées sur le manque. Au-dessus du corps de mon grand-père, plus que la mort, c'est l'idée de la mort qui vient, gros sabots, me pénétrer. La vie se perd, sans bruit, n'importe comment, c'est compris.

La mort est un poulpe qui nage dans ma tête.

Je me souviens de Madeleine avec ses larmes obèses qui me berce comme une poupée des nuits entières. Madeleine qui chante des chansons oubliées, qui dégage les escargots de la cave et qui me tend le paquet qu'elle a trouvé dans la chambre de pépé : Madeleine me sauve.

Les mains en nage, je défais le scotch qui entoure le petit sac. À l'intérieur, il y a l'Opinel de mon grand-père et une feuille avec son écriture appliquée : *Pour tailler le bois, ma chérie, ma Cassandre.*

Je plie les mots, je serre le couteau contre mon ventre. Je crache sur l'été et je pense : couper les cons dans la cour de récréation. En attendant de grandir, je rêve de Camille. Y a plus que ça, le besoin d'aimer.

2

Les rats

Il est tard dans le monde et le soleil écrase les mers, la vie, les montagnes. Les forêts sont noires, rouges, mortes. Tout est fondu, désolé. Les paysages perdus. L'océan est un bain de plastique et de méduses. Température de l'eau, trente-huit degrés. Les hommes ont disparu, rayés.

Un peu partout, des rats mangent des rats.

Ils sont une quinzaine autour d'un des leurs, le plus faible, le moins utile. Ils ont rongé les pattes, la queue, la tête. Ils ont sucé les os. Ils ont laissé les yeux, abandonnés sur le béton craqué. Des yeux hallucinés, sur une route de silence.

Les rats ne ressemblent pas à des rats. Ils sont grands comme des moutons. Ils se déplacent vite, en groupe, se nourrissent de vieux déchets, creusent et fouillent le sol. Ils sont maigres et quand la faim les rend fous ils se mangent entre eux.

Ils sont les derniers de la Terre : des moutons barbares.

J'ai treize ans et du psoriasis. Il couvre mon bras gauche. Depuis que mon grand-père est mort d'un arrêt cardiaque, la maladie est tombée sur ma peau. En plus d'être rousse, j'ai maintenant des croûtes et des plaques : super.

Mes parents m'ont envoyée chez une dizaine de spécialistes, sans résultat. Ils n'ont pas pensé aux psychiatres. La mort de pépé repose contre moi. Les démangeaisons chroniques me rappellent les trois jours au cours desquels j'ai vécu à côté d'un cadavre en mangeant de la confiture de mûres ; j'ai perdu mon enfance un été.

J'erre sur la pelouse d'un pavillon qui ressemble aux tas de pavillons plantés, idiots, dans L'Haÿ-les-Roses, Val-de-Marne. Je cherche au milieu des herbes un sens à tout ça. Il n'y a de sens nulle part. Je regarde le ciel qui traîne sur la banlieue et j'imagine le ciel ailleurs, traverser d'autres vies. Mon grand-père me manque, j'ai besoin de paysages. En observant les fleurs du jardin, une idée germe en moi. Une idée de génie. Je vais aller voir un voyant ! Ainsi j'aurai un coup d'avance sur la mort, l'amour, l'avenir. L'idée géniale devient une idée fixe, il faut que je trouve et vite le meilleur cartomancien du Val-de-Marne.

À part ça, mes seins ont jailli de mon torse. J'ai eu mes règles il y a deux mois. J'ai pissé un matin, le sang et la honte ont imbibé le PQ. La honte appartient en premier aux femmes, pourquoi ? T'es une grande maintenant, ma mère a dit derrière la porte des toilettes. Elle a ajouté : félicitations.

Mon père se fout de savoir si je peux me reproduire. Mon père est le silence. Lorsqu'il rentre du travail, il se terre dans un coin avec son vieux Cassis qui perd ses poils. Poils sur le canapé. Le pantalon. Poils sur la couverture du lit. Poils partout. Ma mère est en compétition avec un animal de compagnie et c'est le chat qui gagne. J'ai envie de balancer Cassis à la benne.

Après que pépé est mort, j'ai mis en place une routine : je flanque des baffes au chat. Pour une fois, je suis du côté des bourreaux, ça change. Un matin, mon père m'a surprise en train de donner un coup de pied dans le ventre de Cassis. Il m'a regardée sans que sorte de sa bouche un seul mot, une onomatopée, rien. Puis il a pris le chat dans ses bras, c'est tout. Au fond de ses yeux, je suis devenue un genre de monstre. Depuis ce matin-là, il m'a débarquée de sa vie, fichue à la porte de son amour ; j'ai arrêté de frapper le chat.

Je ne sais quel triste monde se cache à l'intérieur de mon père, une déchèterie, une carrosserie rouillée ou une nuit pâle. Je l'observe comme un paysage qui défile, flou, dans les trains. Daniel, clerc de notaire, est une ombre qui passe, une flaque d'eau. Je ne rencontre dans ses traits que l'ennui. Il est là, retourné comme un gant, à l'envers de lui-même. Seul Cassis semble lui donner une place au monde. Est-ce que tous les pères sont liquides, impénétrables. Point positif, il me passe tout : il s'en branle.

J'appartiens à la solitude. Mes sorties sont chiantes. Je vais sur des trottoirs fleuris avec des arbres en ligne, des bébés dans des poussettes, des vieux, et des bandes de quatre à six gamins, filles garçons, qui fument des cigarettes et parlent fort. Je voudrais appartenir à un groupe, me couper la peau avec l'Opinel, conclure des pactes de sang, connaître une amitié qui sauve, à la vie à la mort, si j'avais du courage, je m'avancerais et je dirais : salut je m'appelle Cassandre, mais il ne viendrait que de la boue. Barre-toi la rousse. Tu schlingues !

Je passe les chemins, invisible, la tête cachée dans un bonnet noir, mes cheveux de Satan en boule dedans. Je rêve d'un endroit au bord d'une mer, au fond d'une forêt, au bout d'une corde. Sans mon grand-père, je ne supporte plus les insultes jetées, les rires gras. Je me transforme en marécage. Lépreuse. Tu pues. Salope. Regarde-toi dans la glace et pleure. T'es qu'une merde. Ton père il a la bite rouillée. Va te cacher t'es trop moche. Bute-toi.

Les mots m'étranglent. J'ai mal : tête, ventre, tout le temps. Je suis un calvaire de treize ans, un mètre cinquante, quarante kilos qui se brisent. Je ne ressemble à rien sinon à une laideur bizarre. Ce n'est pas avec cette gueule-là que je vais pécho Camille Leygues. Il est dans ma classe cette année et il me déteste, comme tout le monde. Je suis la meilleure cavalière du club équestre et c'est un désastre. Je gagne, lui perd. Second éternel dans sa tête égale *loser*.

Camille a compris que son père n'est pas tombé d'une échelle mais qu'un matin de juillet il a passé son cou dans un câble et adieu. Depuis, son ventre a explosé, laissant un trou qui bâille.

Seuls les chevaux lui donnent une stabilité. Je l'ai entendu dire : les chevaux existent pour ceux qui ont des cadavres. Notre relation ne s'est pas arrangée lorsque le club a décidé de m'attribuer Capitaine, son poney blanc. Et puis il y a eu cette fois où, débile et le cœur hystérique, je lui ai balancé : avec tes bottes noires, tes cheveux blonds et ton fuseau moulant, on dirait grave un nazi ! J'ai pris un doigt d'honneur, le plus douloureux de ma vie, et j'ai souri dans un réflexe absurde avant de m'effondrer dans les toilettes des filles.

Au collège, il est le mec le plus populaire de la classe, sans rien foutre. Il n'a qu'à vivre, évoluer, être. Les nanas adorent ses silences. Elles tombent, des mouches. Les garçons le regardent avec une admiration visqueuse. Je trouve leurs manières pathétiques – des copistes sans talent. Moi, entre les murs de l'école, je deviens une taupe craintive, un pétard mouillé. Chaque matin, la trouille se tasse au fond de mes intestins. Je pourrais chier dans mon pantalon, littéralement.

En fin de journée, je me débrouille pour être la dernière sortie, ainsi j'échappe aux coups de pompe dans le cul et le sac à dos. À la maison, ma mère m'attend dans la cuisine. Elle me sert des

Pépito avec un verre de lait froid que je bois cul sec. Elle me demande comment était l'école. Je lui raconte un collège imaginaire, un genre de fête foraine remplie de mots qui exagèrent, *cool*, *super*, *top*. Lorsqu'elle me prie de développer, je déclare que je suis fatiguée, que j'ai pas envie de parler, que je bosse moi, pas elle, merde : je me comporte comme un connard. Je lâche des grenades sur ma mère qui baigne dans un calme extraterrestre. Elle pourrait ajouter une colère à la mienne mais elle habite mes mensonges avec des phrases sans histoire – allez, mange tes Pépito ma chérie.

Lui avouer que je suis le paillasson du bahut lui aurait provoqué une maladie grave. Je ne supporterais pas que l'inquiétude défigure son visage. J'ai besoin d'être dans le cœur de quelqu'un indispensable à cette terre : j'ai besoin de ma mère.

J'ai compris sa complexité quand je l'ai vue danser. Ma mère ne danse pas comme une mère. Elle danse et elle est un paysage. Elle danse et plus rien n'existe, les meubles moches, le carrelage pratique, ce putain de chat. Tout son corps fabrique l'évasion. Ma mère fugue dans son salon, la cuisine, la chambre. Lorsque la musique s'arrête, elle rajuste ses cheveux, son chemisier, et redevient cette femme qui s'affaire au jardin – un jardin aux fleurs éclatantes, aux buissons taillés, mais où on s'emmerde sévère. Dans les yeux de ma mère, il y a un incendie raté.

Je me rappelle ce matin froid où elle est tombée sur le carrelage. Elle s'est évanouie parce que sa mère à elle était morte. Pendant des semaines, elle fut pleine d'hiver. C'est de l'air qui fut retiré de ses poumons, du sang de ses veines, des rires de sa gorge. Le décès de mémé n'était pas dû à une chaussure qui dérape sur une plaque de glace. Tout le monde s'obstinait à me mentir, pourtant les suicides sont moins tragiques que les silences. Un jour, alors qu'elle éminçait des oignons, elle me raconta la vérité. Ma grand-mère Paulette était folle. Lentement une maladie avait crevé sa raison. Il arrivait qu'elle frappe pépé, hurle que le diable l'attendait, voie des morts sur les murs, vocifère des langues inconnues, des phrases terrifiantes et soudain qu'elle revienne à elle sans se souvenir de rien. Paulette s'est jetée par la fenêtre en criant que le monde brûlerait.

J'ai tué Albert. J'ai tenté d'apprécier le poisson rouge qui tournait en rond dans le bocal mais la vacuité du truc m'angoissait ; j'avais l'impression de me voir. J'ai versé trois gouttes d'eau de Javel dans le gros bol et Albert est mort. J'ai regardé ses yeux vaincus, j'ai eu un frisson. Ma mère m'a acheté un autre poisson rouge qui est mort encore une fois et ainsi de suite jusqu'à quinze. J'ai tué Albert quinze fois ; ça n'allait pas mieux. Mon père savait mais comme à son habitude n'a rien dit, n'a pas réagi. Ce n'est pas normal de faire mal aux animaux, mon esprit est pourri ; je suis la *serial killeuse* de L'Haÿ-les-Roses.

Est-ce que la folie est une plaie génétique, qu'elle est tatouée dans mes cellules ? Est-ce que je suis comme Paulette, pétée du casque. C'est certain, je suis folle. Oui. Folle amoureuse. Je prie les dieux avec assiduité et ferveur. Pas un. Tous les dieux. Je leur demande une seule chose : l'amour de Camille Leygues. Après tout, ça s'est déjà vu dans les films, des filles laides qui par miracle deviennent des canons que l'on s'arrache. Et puis on a des points communs lui et moi. Le suicide, ça rapproche. Camille, mon amour. Camille, aime-moi. Camille, Camille, toute la journée dans ma tête.

Demain, je saurai si oui ou merde l'amour puisque j'ai rendez-vous avec Jacques Marrant.

J'ai trouvé le numéro du mec sur le Minitel – Jacques Marrant, voyant à Villejuif. Pour me vieillir, j'ai enfilé un jean, le pull en cachemire de ma mère, j'ai piqué des thunes dans son sac, un billet de cent. Je sonne, il ouvre. C'est un homme au physique banal. Rien à signaler de tordu, gros, bizarre. Il a une calvitie et deux petits yeux de part et d'autre d'un nez sans originalité. Il porte une chemise bleue dont il a retroussé les manches. Un pantalon droit. Des chaussures pointues. Un sourire accueillant. Une photographie encadrée d'un chat à poil long est posée sur le guéridon. Jacques n'a pas l'air d'un charlatan. Sa normalité me rassure.

On s'assoit autour d'une table carrée. Le voyant m'interroge, professionnel, que voulez-vous savoir mademoiselle, il bat un jeu de cartes.

Je veux savoir si Camille Leygues va m'aimer.

Marrant étale des images sur une petite nappe blanche, puis demande en toute discrétion les bonnes réponses à un esprit supérieur coincé dans un monde parallèle, quelqu'un de sympa ou qui s'emmerde, ou de nostalgique des hommes, quelqu'un qui connaît chaque destin, bref, une forme omnisciente dont Jacques se charge de répéter les messages.

Camille Leygues va t'aimer. Il va même t'aimer beaucoup.

Ces mots déclenchent une euphorie intérieure, type ouragan. Le voyant voit ! Camille va m'aimer et je me contrefous du reste. Jacques continue d'allonger les cartes sur la nappe blanche et stagne dans un silence qui dure, puis son visage se défait, devient moche, voire grimaçant. Il doit causer avec l'esprit supérieur de choses importantes car voilà qu'il retourne une série de cartes, les reprend, les bat, en étale d'autres et recommence son manège trois fois de suite. À chaque tirage, les mêmes cartes sortent. Les cinq mêmes images. Dans le même ordre. Le voyant porte une main à son crâne en poussant un râle de douleur, une migraine sans doute. L'ensemble de ses traits est tendu. Le type banal et souriant de tout à l'heure n'existe plus, c'est une autre personne, un homme inquiet, inquiétant, traqué par les voix de là-haut.

Au bout de plusieurs minutes, il se met à parler. Sans me regarder. Les yeux sont ailleurs. Sa voix a changé. Ce n'est pas Marrant qui parle. Une chose a pris possession de lui. Cette chose prononce des mots effroyables – fléau, cadavres. Puis énumère, façon liste de courses, cinq prophéties qui me pétrifient.

Tout le monde sursaute quand la sonnette retentit. Le souffle court, le voyant me demande de partir, pas besoin de payer, partez, partez de chez moi, vous êtes le chaos mademoiselle, partez bon Dieu, vous ne comprenez pas… c'est le malheur, par pitié allez-vous-en !

Je décampe, et dans ma fuite je fais tomber le chat par terre, le cadre se brise. Puis je bouscule une femme qui attend son tour, je lui souhaite bon courage en dévalant les étages. J'ai l'impression que mon corps, mes muscles sont pierreux, perclus. Dehors, le bruit de la rue me recentre. Je prends une longue respiration, mes mains flageolent, tout flageole. Ce mec est un grand malade. Une vieille passe avec son petit chien moche habillé d'un manteau de pluie. L'animal, ridicule, déclenche en moi un gloussement irrépressible qui se transforme en fou rire avec larmes et hoquets. La vieille s'éloigne traînant le clébard et me laisse, bidonnée, devant un parcmètre.

Je marche pour épuiser l'hilarité. Il faut que j'oublie toutes ces conneries ! Mais dans le bus qui me ramène à L'Haÿ-les-Roses, je suis prise de nausées. Les cinq prophéties gravitent à l'intérieur de mon crâne comme des derviches. La première est une bombe à retardement :

Le monde s'effondrera en 2023, l'été de tes quarante-deux ans.

Et si ce con de Jacques avait raison ?

Pour couronner le tout, *L'Exorciste* passe ce soir à la télé. Je regarde le film d'un œil, planquée derrière la porte du salon. Je deviens blanche, du lait. Blanche et orange à la fois. J'ai peur d'aller dormir. Peur du diable. Peur de vomir un liquide vert épais. Peur de me planter un crucifix dans le sexe en hurlant au nez de ma mère : *Jésus te baise !* Mais rien n'arrive, je reste Cassandre, une enfant rousse, frisée et solitaire. Haïe des autres enfants. Promise à un avenir noir, dixit Marrant, mais aimée follement, d'après lui encore, par Camille Leygues : c'est l'essentiel.

Ça a commencé un jour d'averse, mes cheveux de clébard ont fait rire toute la classe. Des cheveux orange, pleins de pluie. Un garçon dans le hall a dit : v'là le Caniche. Point. Trois mots qui ont lancé les rats. Une phrase jetée, un bout de viande qu'on déchiquette. Le garçon, c'était Camille. Il a balancé ça, Caniche, le doigt pointé sur ma tignasse ridicule. Il a souri et j'ai continué de l'aimer. Être une femme, c'est avoir mal et continuer d'aimer, pourquoi ? Et toi maman, tu l'aimes encore le mec qui caresse son chat à la place de ton cul ? Les autres, les suiveurs, ont pris le relais et m'ont déglinguée ; la haine est un mouton.

Et la haine monte, c'est la mer du Nord. Il y a les mots, Caniche, pute. Il y a les menaces, je vais te cogner, tu vas pas finir l'année, crève. Il y a les coups de pied. Les bousculades. Les cheveux que l'on tire, que l'on brûle, sur lesquels on jette à la cantine du fromage du pain mouillé des pâtes molles. Le venin se propage à d'autres classes, d'autres niveaux. Des gens que je ne connais pas, que je n'ai jamais vus, viennent à *ça* et crachent dans mon oreille leur violence. Je me remplis de merde. Mon sang est plein de merde. Mon cerveau. Mes os. Pleins de merde. Je vais te faire bouffer ta merde.

J'ai treize ans. Des enfants m'injurient et me frappent. Je leur réponds en riant, ou je me tais. Je n'ai pas les muscles ni les phrases et ma faiblesse accélère leur haine, comme à la casse, une voiture pliée. Ils auront honte un jour, ou ils oublieront et rien n'aura existé. Les enfants sont des coupe-têtes, des petits bourreaux.

J'attends la fin de la récréation. Je trouve des lieux – bibliothèque, water-closets où je m'enferme entre des murs qui crient *Cassandre = grosse merde*. C'est écrit ici, là, encore ici, et même là. J'existe mal, et trop. Le psoriasis me démange, je gratte mon bras jusqu'au sang : même ma peau se détache de moi.

Je me répète que je suis forte. Je ne montre rien mais je pourrais avaler un litre de soude. La tête qu'ils feraient. Ou alors j'en plante un avec l'Opinel de pépé que je tiens dans ma main dans ma poche, j'entre au fond d'un cœur, un cou, au hasard, un œil !

Je pense sérieusement à me foutre en l'air. Mais l'idée d'embrasser Camille Leygues me maintient en vie. Je m'entraîne d'arrache-pied ; la nuit je tourne ma langue sur la paume de ma main. Et puis Jacques a dit que Camille m'aimait.

15 h 30, vendredi 12 juin 1992, dans les toilettes du collège j'attends, les pieds ramassés sur la cuvette, que la cloche sonne la fin. Je repasse en boucle le sourire que Camille m'a lancé ce matin, dents blanches, Tom Cruise en blond. Je grave dans ma mémoire cette phrase prononcée par lui, c'est-à-dire par Jésus-Christ : salut ça va ? il est sympa ton bonnet ! Je sens dans mon ventre un soleil rouge, j'oublie qui je suis – le bouc, le Caniche, la merde. Le bonheur arrive enfin grâce à mes prières aux dieux. *Il va t'aimer, il va même t'aimer beaucoup.* Tout est possible. Tout est possible puisque je n'ai que treize ans ! Sur la cuvette des W-C, mon enfance revient avec l'eau claire de la rivière. Puis j'entends Coralie Vannier.

Coralie Vannier est moche, plus moche que moi, pourquoi personne ne l'emmerde. Sur la liste des boucs, elle est la prochaine. Elle aboie au milieu des lavabos : sors de là, y a Camille qui veut te parler ! Un combat de coqs se joue dans ma tête entre la trouille et l'espoir. Je choisis l'espoir, j'ouvre la porte, d'accord.

Coralie Vannier n'est pas seule, ils sont toute la classe, silencieuse, puis hilare. Des rats hilares. Leurs rires me grêlent la peau. Des rats. Je ne sais où placer mes yeux, je les dirige dans les angles morts. Des rats. Je ne vois pas Camille, est-ce qu'il attend ailleurs. Camille et son sourire de dupe, Tom Cruise en salaud.

On me tend au nez un papier, je reconnais mon écriture, c'est une feuille déchirée de mon agenda. *Camille* est entouré de cœurs ridicules coupés par des flèches. J'ai honte. J'ai honte d'aimer.

Ils ont fait de mon amour une boule qu'ils ont enfoncée dans ma bouche. Ils ont plongé ma tête dans la cuvette des chiottes et ils ont tiré la chasse. À cet instant, je n'ai plus aimé personne, même mon grand-père est parti dans le tuyau d'évacuation.

C'est allé très vite, 15 h 36, je perds ma dignité pour toujours. La gueule souillée, je cours dans les couloirs peuplés de mes cris aphones. Je sors du collège. Je cours au milieu des routes et des voitures, entre les arbres et les gens, je cours à côté de mon corps. Je ne reconnais rien du monde ni du ciel, ni le grand parc qui jouxte la mairie, ni le nom des rues. La ville, dans mon galop, est un long cimetière. Je prends des chemins au hasard et je m'assois, épuisée, sous un platane. Jacques Marrant s'est bien foutu de ma gueule – escroc, bouffon !

16 h 22, plus aucun doute sur mon avenir : me jeter sur la nationale 20. J'ai une pensée pour ma grand-mère Paulette ; les envies de crever sont des héritages.

Pleurant contre mon arbre, j'entends une voix. Un garçon aux cheveux longs tombant sur une veste large me tend une main sale. Il est d'une beauté antipathique. Dans sa poche arrière, une bombe de peinture noire. Il s'appelle Jonas. Il me soulève de terre. Il me dit : viens, on va chercher des trains.

3

La pluie de sang

Le ciel est un leurre, un appât pour lever nos yeux, appeler Dieu à l'aide et oublier la terre.

Le ciel se couvre de nuit. Il devient une vague chargée de maelströms, de vacarmes, de rouleaux de vent.

Il n'y a plus rien de lisse et rien de bleu.

Les oiseaux ne volent plus. Ils se suicident, piquant droit vers le sol.

Les hommes enfoncent dans leurs yeux des lames.

Les femmes dansent dans les rues et les champs, des aubes aux crépuscules, en transe et hilares.

Le ciel se casse la gueule.

Il craque.

Il se déchire en morceaux, laissant béantes des langues d'un rouge de guerre.

Là-haut tournoient des feux, des incendies qui se mêlent aux tempêtes.

Il tombe du ciel une pluie écarlate qui peint les villes et les visages.

Il tombe des cailloux, des calots de glace, des poissons, des taureaux, des chevaux.

Le ciel aspire la vie et la recrache plus loin, dans une pluie de sang.

Le ciel tue comme à l'opéra, avec panache, jusqu'à épuisement de sa vengeance.

Le ciel est un remake de *Carrie*, la scène du bal.

J'ai dix-sept ans et je suis bonne; les rousses sont à la mode. J'ai changé de bahut, le ciel est sans nuages, j'ai des camarades de classe. Je fume des cigarettes, des Camel. Je porte des jupes courtes et des collants déchirés. Les filles regardent mes cheveux longs, épais, rouges, qui traînent dans mon dos. Les miracles n'arrivent pas que dans les films, mais chez le coiffeur.

Je passe du chien au félin, du caniche à la lionne en deux heures, toilettage express. Lorsque je découvre mon allure au fond du miroir, je ris. Je plonge avec avidité dans mes reflets sans me reconnaître. Je dévore mon visage. Les taches de rousseur qui balayent mes joues, maudites hier, se donnent en spectacle, petites crâneuses. De la même manière qu'une laideur baroque avait pénétré mes traits, ma beauté soudaine a quelque chose d'un faux pas. Elle est dérangée. J'appartiens à la bande de rousses des grands peintres, la Vénus de Botticelli ou la Judith du Caravage qui décapite à l'épée un roi : je peux me la péter. L'adolescence est une bombe atomique.

Dix-sept ans, les garçons sont pleins de sébum, et mous. Ils me parlent l'air de rien mais je devine dans leurs yeux un faux plafond : le film porno qu'ils déroulent le soir, allongés sur leur lit une place, vers vingt-trois heures. Scénario basique, toucher les seins, pipe, branlette (espagnole).

Les autres, les hommes, jusqu'à soixante ans – au-delà ils gardent ça pour eux –, ont plus de verve et d'expérience. Ils flattent, moquent, insultent en fonction de ma réponse à leur assaut, leur sourire ou leur solitude. Tous ces yeux qui s'échouent sur mes fesses et mes seins sages me foutent la trouille, ils m'excitent.

Je ne pense qu'à faire l'amour, qu'une queue entre dans mon vagin : comme ça c'est fait. Je ne réfléchis pas à mon désir, je m'en fous, il ne compte pas, il faut que ça arrive, perdre ma virginité, ne plus être pucelle – ce mot infâme me jette dans une honte confuse. Je me sens risible, tachée d'être blanche. Persiste en moi un malaise, même jolie je suis défigurée. Je vois dans un pénis une libération, pourquoi ? L'idée est d'oublier mon corps, de dire oui à n'importe quel type qui balancera une phrase bête, sublime, cinglée, une phrase qui me donnera le courage de retirer ma petite culotte.

Je traîne avec Jonas, on tague des trains, il signe *Chrome*, moi *Chien*. Jonas m'a ressuscitée. Depuis quatre ans on marche au fond de banlieues lointaines. Étampes. Juvisy. Longjumeau. À six heures du matin, on part la tête grise et les yeux cons. Je dessine dans le vide des lettres, *Chien*, qui s'écrasent contre des ponts, un rideau de fer, des wagons. Je trouve ça poétique. J'existe à l'intérieur de zones interdites, vers les rails. Je laisse une trace, *Chien*, de mes années tordues, un seul mot, *Chien*, avant de mourir. Je marque mon territoire. Plus le spot est dangereux, plus j'impose le respect. Je ne suis plus le Caniche, je suis *Chien*. Je déborde, je me dissémine dans les recoins des villes ; avec Jonas, la solitude a dégagé du monde.

De profil, Jonas ressemble à Johnny Depp (*21 Jump Street*), de face il est lui-même : yeux vairons, bouche floue, nez droit. Il vient souvent me chercher à la sortie du lycée avec sa mobylette ; il plaît aux filles. Il marche cow-boy, de travers, à la limite de l'enfance, sur le point de la dépasser. Sa beauté est une brèche dans un caillou de marbre. Il porte toujours une casquette noire et ne parle pas beaucoup.

Ils disent que je couche avec Jonas mais je n'ai jamais vu de sexe hormis celui de ma mère sortant du bain. Son sexe jaune, mouillé et broussailleux. Je n'ai d'ailleurs jamais embrassé personne à part ma main, c'est-à-dire Camille dans mes fictions de gamine.

Camille, je décidais de rompre, seule, après mon humiliation dans les cabinets. Je le trouvais soudain ridicule et le temps passé à l'adorer, gâché. Toute mon enfance, j'avais aimé un plouc. Le duvet naïf qui ombrait son visage et sa voix dévalant les étages m'inspiraient maintenant un dégoût léger. Camille Leygues était du pain rassis, du jour au lendemain. Je quittais le club équestre cédant à ce garçon sans père les médailles, les premières places et Capitaine, son poney à la con.

Jonas habite un petit château posé dans un parc peuplé de statues de plâtre, à Antony, Hauts-de-Seine. Il y a de grands arbres qui avec le vent inventent des bruits de paix. Je traverse les pelouses très vertes. Les platanes, les pins, les tilleuls ne m'intéressent pas. J'aime le béton, les quartiers gris. Je vise les murs, le détail d'un ensemble, les endroits durs. La nature m'emmerde. Marcher dans une forêt c'est le bagne. Les herbes hautes, les odeurs de terre, le bruit des bestioles sont restés coincés dans la main de mon grand-père.

Jonas ne vient jamais à la maison, j'ai honte de mes parents, de ce pavillon chiant, du jardin rangé de ma mère. De mon père lointain. Il fait une dépression : le chat est mort. Je n'ai pas tué Cassis, il est parti de lui-même, rempli de vieillesse et d'attention. Papa l'a trouvé près de son bol de croquettes, tendu sur le carrelage, plongeur olympique en plein saut.

Devant le chat rigide, les yeux et la bouche de mon père sont sortis de leurs gonds. Il a pleuré et j'ai eu mal au ventre. Pour la première fois, je me suis sentie proche de cet homme dont je ne comprenais rien. Il y avait là une émotion, un truc fort qui se jouait, une opportunité à saisir, l'occasion de réanimer mon père et son amour pour moi. Je me suis jetée sur ce chat que je déteste, les mains croisées sur son cœur, j'ai commencé le massage cardiaque. Cassis, sous l'effet de mon poids, gonflait, dégonflait, gonflait, on aurait dit qu'il respirait, alors papa s'est foutu à y croire, à encourager Cassis, à me regarder enfin : le chat était cané depuis une heure.

Devant le corps sans vie de Cassis, j'ai repensé à la deuxième prophétie du voyant qui m'avait, à l'époque, terrifiée. Aujourd'hui, toute cette histoire me fait sourire. En substance, ça disait que j'allais tuer mon père.

L'été arrive. Dans les rues inondées de pots d'échappement, je respire. Sur les routes, il n'y a plus de hérissons écrasés. Ils ont disparu. Je végète dans ma banlieue, le monde ne m'attend pas. Chevelure rouge, sans projet, peu d'envie. Ma mère me traîne chez un gynécologue aux cheveux gras qui me prescrit une pilule des années soixante-dix ; je prends ça comme un encouragement.

L'été n'a aucun panache. L'idée de passer mes vacances avec mes parents sous une tente dans un camping, sentir les saucisses au barbecue et les rires au pastis me déprime, vachement.

Je suis quand même fébrile, devant le grand panneau, coincée au centre d'une foule inquiète. Il y a des pleurs, des apnées, des cris clairs. J'ai mon bac avec mention. Ma mère danse dans la cuisine, quelques pas de côté vers la poésie. Mon père regarde sa femme, c'est grâce au chat qui est mort. J'aimerais que ma mère danse en permanence ou que la vie soit plus intéressante que l'art.

Je dors souvent chez Jonas. On fume des joints. Il n'y a pas de sommeil mais des heures blanches habitées de plans sur la comète.

Il effleure ma hanche. Son œil vert pénètre ma bouche. Je le surprends à surveiller ma nuque. Il m'entraîne à Paris où l'alcool est mauvais, où l'on crie sur des chansons ratées. Nos ivresses sont des théâtres qui réclament un public. Je me jette dans ses bras saouls et des corps inconnus qui me touchent. Son œil marron s'enfonce dans mes dents. Je feins de ne pas comprendre. J'ai peur qu'il plante sa langue au fond de ma bouche, que ça décapite notre amitié bruyante; on ne retire pas le clocher d'une église.

Une nuit je bois trop. Des cocktails aux noms pornographiques. Jonas fait la gueule et sa beauté tourne en rond. Un type me drague au comptoir, le guitariste du groupe de la soirée. Il a une odeur de gin, un tigre moche tatoué sur son bras gauche. Il engloutit les verres, il est grand, muscles secs. La solitude casse ses sourires. Je ris pour cacher le trac. Je fixe mon regard dans le sien. Il a des mains fines, plusieurs bagues à ses doigts. Jonas agrippe mon épaule, son œil vert fulmine. Il me pousse. Il me fait mal, tu viens moi je me barre ! La musique s'arrête mais au fond de mes tympans continue un rythme lancinant. Le bar ferme. On campe sur le trottoir. Jonas insiste, tu viens putain de merde. L'autre me tend une cigarette. Je lâche une fumée blanche dans un air chaud. L'œil marron de Jonas me tabasse, tu fais chier Cassandre. J'entends : connasse. Il disparaît, les poings durs dans sa veste, dans la nuit.

On y va rouquine ? La phrase est assez naze pour que je me laisse faire. Je marche bancale dans le Paris ivrogne. Le guitariste me plaque contre une porte d'immeuble, sous un numéro pair. 32, rue Keller. Des gens font la manche avec des chiens par terre. Il m'embrasse. Son haleine est lourde : nicotine, ail, alcool de merde. Il porte dans ses mains la maladresse du soûlard. Je ne sais pourquoi mon grand-père passe, et une ombre à l'intérieur de moi pleure. Je tourne ma langue dans la bouche d'un paumé, sans frein. Il me tire, viens, dans une bagnole qui sent le tabac. Avant, il ouvre le coffre et y dépose, délicatement, son instrument dans l'étui. Je m'allonge sur la banquette arrière. Il y a un drap blanc qui couvre les sièges et le monde devient une mer inquiète. Il pétrit mes seins par-dessus ma chemise, il bande. Je sens son sexe épais, plié dans son pantalon noir. J'entends la boucle de sa ceinture, une fermeture qui s'ouvre, l'emballage d'une capote se déchirer. Il retire ma culotte. Il entre vite, il me brûle. Il me râpe. Puis les choses glissent et son tigre rugit mollement devant mes yeux ivres. Il jouit en quelques minutes sans me voir. Il retire le préservatif et le balance par la fenêtre. Il me propose de me déposer quelque part – t'habites où ? Je ne réponds pas, je me rhabille. Sur le drap blanc, je laisse une pluie de sang. À ce qu'il paraît, les premières fois sont minables, je n'ai pas de regrets.

Je sors de là et me tire dans la rue, fière et misérable. Des larmes traversent mes lèvres : je claque la porte au nez de l'enfance.

Jonas ne répond plus, sa mère invente des bobards débiles au téléphone. Je fume des cigarettes dans mon jardin. Les fleurs habitent ma solitude. Je tombe dans l'absence, le manque, c'est dégueulasse. Je suis en train de perdre mon seul ami et c'est le monde qui s'effondre. Je voudrais arracher une poignée de tes cheveux, ton œil vert à la con, manger des orties. Dans les allées de gravier qui bordent la maison, je ramasse un caillou que j'enfonce dans ma cuisse. Je blesse le chagrin.

La nuit je griffe, je m'acharne sur les murs. Je remplis les villes, Paris, Saint-Denis, Pantin de mes *Chien*, *Chien*, *Chien*. Je vais taguer des couloirs sombres et la petite ceinture des Buttes-Chaumont. Je rentre épuisée, sans pitié pour moi-même. Je déteste ma gueule. J'ai perdu Jonas pour un hymen bradé à l'arrière d'une voiture.

Je campe devant le portail bleu de ton château. Je sonne. Rien. Je frappe. Personne. Je reste des heures, la moitié d'une nuit à t'attendre. Je sors ma bombe du sac. Sur le portail j'écris *Chrome = Chien*.

Je vais mal. J'écoute Django Reinhardt. Il me soigne. Il joue la tristesse avec une joie malade et deux doigts en moins. Sans doigts, il a réussi. Sans Jonas, j'irai bien.

Je zone dans des bars. On me paie des mauvais cocktails. Je couche avec des étudiants dans des appartements vides. Je ne me rappelle pas leur prénom.

Une fille m'embrasse dans les toilettes d'une boîte, elle s'appelle Alice. Comme ma mère. Elle a des cheveux longs et bruns, des yeux profonds, les mains douces.

Je m'inscris dans une prépa vétérinaire. J'imagine le sourire de pépé devant la cheminée, je me fous à chialer.

Je n'ai pas de nouvelles de Jonas. Je coupe ma peau avec les cailloux du jardin.

Je baise à droite à gauche. Mes nuits sont insomniaques. Mes jours creusés de fatigue. Je m'incruste dans un chagrin trempé de vodka, de pétards, de culs. Les rues de Paris tirent mon ego vers le bas et la France a gagné un match de foot. Elle est championne du monde. J'entre dans un cinéma, je vais voir *Armageddon*. Bruce Willis doit (encore) sauver la planète : une météorite est sur le point de tout anéantir et « rien n'y survivra, pas même une bactérie ». L'apocalypse, cette petite joie immanente aux hommes. J'aurais dû demander au voyant comment tout allait finir en 2023. Dans le bruit ou le silence. Les bombes. À cause d'une pierre de feu.

Dix-huit ans, il n'y a pas de fête d'anniversaire. La solitude n'est pas l'apanage des vieux et des clochards. Je souffle un tas de bougies sur le gâteau trop cuit de ma mère. Ma vie est merdique. Papa me donne un peu de pognon. Dans la maison, chacun reste dans un coin de sa peine, maman en exil au fond du jardin qui éclate, c'est l'été. Deux poches grises s'installent sous ses yeux, elle ressemble de plus en plus à Paulette.

Mon père est scotché devant Arte. Son programme favori : les documentaires animaliers. Il s'accroche à la poésie des pieuvres, des cachalots, à l'immortalité d'une méduse (*Turritopsis nutricula*), à ce lézard Jésus-Christ qui marche sur l'eau (*Basiliscus plumifrons*), à la grenouille des bois qui gèle l'hiver et ressuscite au printemps (*Lithobates sylvaticus*), aux girafes, aux castors, aux rats-taupes nus. Il trouve dans la puissance des bêtes une forme de transcendance, de salut.

Je zone à République. Je traverse la place sous une pluie tropicale, il fait chaud, le ciel est plein de doutes. Des torrents d'eau s'engouffrent dans le métro. Les voitures tournent en rond écrasant des litres de flotte sur des jambes affolées. Je ferme les yeux. Je demande aux dieux de m'envoyer la foudre, dans la gueule, que je tombe, grillée, et que tout s'arrête.

Je fais la queue au tabac, trempée, clébard. Deux paquets de Camel. Je vais m'encombrer les poumons, me remplir de fumée. Je reconnais ses épaules autoritaires. Quelque chose pousse dans ma poitrine. Il porte une marinière, une boucle à l'oreille. Il est grand. Il ressemble à une fiction dans un réel défait. Il me pulvérise. Son corps est un mélange de virilité naissante et de grâce pudique. De quoi j'ai l'air. Mes yeux fouinent dans les coins de son corps, la nuque, les cheveux – sa blondeur a durci. Mes poumons, des raisins secs. Il tombe sur moi. L'instant est blanc. Il me sourit, ses dents. Cassandre, il dit, il répète comme s'il avait vu un fantôme ou je ne sais pas : le pape, un cadavre, l'avenir. Devant sa beauté, je suis un machin qui coule, du flan. Je sors sans un mot, attache une cigarette à ma bouche, mes doigts tremblent. Je la fume en deux taffes et je jette le mégot au pied de l'orage.

On ne se lâche pas comme ça. Premier PMU, on commande des bières. Le serveur nous apporte des cacahouètes salées, sales. Ça sent la Javel, le tabac et la pisse. Il y a une télé éteinte accrochée au mur. On se regarde et ça revient, les humiliations, les insultes, ce jour maudit dans les toilettes des filles, toute cette merde. La mémoire est un trou de ver qui me propulse en enfance, ce pays maudit.

Camille a quitté le lycée, il travaille depuis un an à l'hippodrome de Longchamp. Il nettoie les box, prend soin des bêtes, les nourrit et les monte. Il semble heureux, les pieds dans le purin. Rien n'a changé, les chevaux sont sa place au monde, sa boîte d'anxiolytiques.

Je veux l'impressionner. Je lui raconte les tags avec Jonas, les heures à fuir les flics et à marcher dans les banlieues, les chemins de fer. Je lui dis pour la prépa véto, j'ajoute spécialité équidés, je mens pour lui plaire, j'aime pas les bourrins. Il me demande qui est Jonas. Je reste évasive.

Il prend ma main. Il la tourne. Caresse la paume – tu ressembles à Amazonie. Je demande qui est Amazonie. Il dit : un cheval dont je m'occupe. Après le Caniche, la jument, parfait. Je mange une poignée de cacahouètes sales. Je termine ma deuxième bière cul sec et le laisse en plan dans le PMU. Il me poursuit sur les trottoirs mouillés, il est dix-neuf heures. Il veut que je l'accompagne à une soirée, pas loin, c'est juste là. J'accepte puisque ses yeux noirs n'en finissent pas de me prendre. On entre dans un supermarché, on achète deux packs de Seize, et des chips.

Dans l'appartement, un studio à moquette grise, il y a Coralie Vannier et plusieurs têtes à couper qui, dans les toilettes de mon enfance, à la récréation, dans les couloirs du collège, ont inventé ma honte. Ils sont assis sur des poufs de couleurs vives. Ils fument, se marrent, sans voir la peur qui me traverse. Je vais vomir les cacahouètes sur la moquette, je transpire. Mes joues s'enfoncent dans le rouge, je voudrais casser Camille en morceaux et tout le reste ici : trois meubles Ikea, des cagettes en bois qui servent de table basse, des assiettes de carton avec des Chipster dedans, des bras, des nez, tout fracasser, et il n'y aurait toujours pas assez de bruit pour ma colère. Sinon je pourrais prendre une bougie et mettre le feu à cette conne de Vannier. Mais j'ai envie de courir dans un coin, réflexe, ventre contre mur, attendre ma punition, que tombent sur moi les mots, les coups.

Coralie m'accueille avec une bière fraîche, des sourires francs, des phrases – donne-moi ton sac, ta veste, t'as trop changé c'est dingue. Je lui réponds qu'elle non, elle n'a pas changé. T'es toujours aussi moche, salope. Je sens le regard des filles qui hésite, ça ne peut pas être elle, le Caniche. Les mecs et leurs yeux me pénètrent violemment. Ils ne semblent pas se rappeler qu'ils m'ont assassinée chaque jour. Ce soir, la fille de treize ans les exécute, un à un, d'une balle dans la nuque, celle de dix-huit éclate de rire avec ses bourreaux, ses vieux rats.

Camille me regarde de loin, il me surveille. Jonas me manque. Je suis raide et fume des Camel à la fenêtre, l'orage à portée de bras. Des types me draguent à la chaîne, je les laisse croire qu'ils auront un morceau puis je leur couds la bouche, d'une manière ou d'une autre. Je ne vaux pas mieux qu'une vengeance de balcon.

Je m'en vais sans un mot. Camille court dans la rue, il me rattrape. Ses deux mains autour de moi, il m'embrasse avec la nuit. Mon rêve d'enfant (à égalité avec la résurrection de mon grand-père) se réalise : je tourne ma langue autour de la langue de Camille Leygues.

Alors que je tourne cette langue, mon cœur, au lieu de fondre, se durcit. Je devrais ne penser à rien qu'à la beauté d'un baiser sous l'orage, mais me revient en tête la calvitie de Jacques Marrant.

Camille Leygues va t'aimer. Il va même t'aimer beaucoup.

La beauté de Camille m'effraie. Il baise comme un mec que je ne connais pas. Camille est une terre vaste dans laquelle je cherche les forêts, les montagnes, l'océan. Je cours après sa part sensible et introuvable. J'ai beau chercher, elle est comme ces épaves des mers, planquée au fond, dans un coin du monde. Il ne me parle jamais du suicide de son père mais il me demande de raconter Paulette, mémé qui s'est jetée par la fenêtre.

Je me perds dans ses mains, ses silences, et je reste confinée à l'intérieur de ma honte. Je suis moins que moi-même, empêchée par la beauté de Camille. En veille, je lui laisse toute la place. J'écoute ses histoires de chevaux qui m'emmerdent. Je m'accroche à la moindre tendresse – sourire, petite phrase, mot laissé sur un bout de papier. Je suis terrorisée à l'idée de perdre ce que je n'ai pas : je l'aime.

Son visage, c'est le Taj Mahal ; le mien, un parking de supermarché. Dans la rue, je n'existe pas. Il offre sa beauté à la terre entière. Camille est une pute, mais une pute tellement belle qu'on crève de la quitter.

J'aperçois sur les cheminées de Paris la signature de Jonas qui balaye la ville. Je pense à notre amitié qui s'est perdue un soir. Je montre à Camille ce mot, *Chrome*, que Jonas avait choisi et qu'il faisait tourner dans sa bouche, *Chrome*, *Chrome*. On imaginait toutes sortes de choses grises et brillantes, une caravane inox sur une route en Amérique, la mer du Nord, la mâchoire d'acier de Requin, le salaud des *James Bond*.

Pour une fois je parle, je parle des toits escaladés et des ciels imprudents, des tunnels sales, des gares les matins froids, des keufs. Des paysages sans hommes. Je raconte les yeux vairons de Jonas, et comment il m'a sauvée.

Camille s'arrête de marcher, il me regarde et lâche : tu sais quoi, j'm'en tape en fait.

J'ai dix-neuf ans. Je visite l'école vétérinaire de Maisons-Alfort avant le concours. J'entre dans une salle qui sent la purge, *Le Grisby*. Tous les jeudis, les élèves terminent ici à poil et bourrés. Ils oublient la nuit, ce qu'ils ont fait – vomi, baisé, ronflé, dans cet ordre ou dans un autre.

Un ancien me raconte les bizutages qui consistent à ramper dans les catacombes au milieu des cadavres de chiens, rouler des pelles à un cochon mort, boire des soupes de poissons mélangées à du bleu de méthylène – ça fait pisser bleu, c'est marrant. Il essaie de me faire peur, mais j'en ai vu d'autres.

Il me balance ensuite les dissections de deuxième année où un taureau est pendu à un crochet dans une salle non réfrigérée. Apparemment, la mort obsède l'air et tous les élèves fument, même ceux qui ne fument pas. Une vague blanche embrasse la pièce et ajoute, comme un mille-feuille, une odeur à l'Odeur.

Chacun leur tour, ils rôdent autour du cadavre, un scalpel à la main. Passé le choc ou les malaises, certains jouent, Christophe Colomb et Benny Hill ensemble, à ouvrir la chair du monde, lécher les couilles de la bête, plonger la tête dans son ventre, faire rire : tuer la mort. OK.

En troisième année, c'est stage obligatoire à l'abattoir. Le type ne s'arrête plus, il monologue. Dans ces usines, il y a toujours un homme préposé aux viscères – viscères qui seront transformées plus tard en farine animale ou en pâtée pour chats. Qui sont ces gens qui travaillent dans la merde, le gras, le sang. Est-ce qu'ils deviennent fous. Ils disent quoi à leurs enfants, papa trie les viscères des vaches et des cochons mes chéris ; on dirait une plaisanterie. On n'embauche pas de femmes au triage, pourquoi ? Sur un toboggan, tous les jours, il faut séparer les cœurs, les intestins, les foies. Et les fœtus.

Dans les abattoirs, on jette les fœtus à la poubelle. Les bêtes arrivent sur des rails, en pièces et pendues, sans tête, peau, ni sabots. Quelques carcasses s'agitent encore sur les crochets : c'est le fœtus qui bouge dans sa mère morte. Lorsque le bout de viande cesse de gigoter, l'employé découpe le ventre puis déchire la poche des eaux, et l'enfant qui tombe de *ça* tire une langue rose bonbon. Mille bovins à vider par semaine. Combien de fœtus à la benne ?

L'ancien me parle pour finir des veaux de quinze jours, assoiffés, terrorisés et parqués dans des trains ou des camions qui traversent l'Europe. Des moutons entassés pendant un mois au creux de cargos sans lumière. Des coups de bâton qu'on leur fout dans la tête : comme ça tu sais ! Je sais mais ça ne m'empêchera pas de bouffer de la viande.

J'ai vingt ans, je réussis quelque chose dans ma vie, j'entre à l'école vétérinaire. J'ai bossé nuit et jour, encouragée par la fierté inusable de mon grand-père. Quoi que je puisse dire ou faire, une idée débile, un dessin moche, il trouvait ça génial. Le premier de chaque mois, il prenait le bus vers la ville et déposait à la banque de l'argent sur un compte pour mon avenir. Le jour des résultats, je n'ai pensé qu'à lui, à mon grand-père qui me regardait.

Sinon, mon père est au chômage. Il a quitté l'étude notariale car il a un projet : élever des perroquets dans le jardin. Des perroquets, pauvre papa, pourquoi pas des sangliers. Une seule chose me traverse l'esprit quand il me parle de l'intelligence de ces piafs, leur trancher la langue et avec, celle de mon père.

J'ai vingt et un ans à l'autre bout du monde. Je fais du tourisme dans une dictature. Camille voulait voir les criollos de Cuba, une race de cheval solide et fière. On a voyagé en train jusqu'à l'extrême est de l'île, à Baracoa, chez les anciens Indiens Taïnos. Christophe Colomb aurait débarqué ici, en 1492. On loue une chambre dans la maison d'un danseur. Les gens sont nés sous clé alors ils dansent. Le corps est une liberté gratuite. Je pense à ma mère.

Il y a des mangues le matin qui éclatent avec les cafés noirs, la musique est partout.

Le rhum ressemble à une eau bénite que l'on brouille de sucre, de menthe et de citron. Tout le monde boit. Tout le monde baise. L'amour est une liberté gratuite.

La ville est stone, coincée entre les montagnes, les fleuves et l'océan. Des rastas fument du cannabis dans des feuilles de maïs. Leur chef a douze ans. Il porte des colliers de coquillages. Les autres types ont une trentaine d'années. Cramés par la ganja, ils sont cons comme des balais. Le chef me regarde, invoque son messie et partage un joint sous des lumières bizarres. Je prends cinq bouffées d'oxygène et le temps s'en va. Une coupure de courant invente une couleur à la nuit, un bleu clandestin. Le gamin se tourne vers le ciel et parle. Il a un corps sec et puissant. Des yeux bouleversés, très noirs. Les bras tendus en l'air, il accueille l'oracle, et des larmes anciennes tombent de ses joues d'enfant. Il désigne la mer – bientôt, il dit, bientôt plus rien n'existera, *nada existirá*.

Le petit rasta passe autour de mon cou un collier de coquillages nacrés. Après un silence, il m'annonce que mon destin est une tombe et que je dois soigner mon cœur. Je rentre en me perdant dans les rues terreuses et seules. À l'intérieur de moi, ses phrases font des tours sur elles-mêmes, plus rien n'existera, mon destin est une tombe, plus rien n'existera, mon destin est une tombe ; c'est réjouissant. Un jour j'aurai quarante-deux ans. Un jour le monde explosera – je suis complètement défoncée.

Je m'étale sur le lit, Camille dort. J'ai l'impression que des parties de mon corps se déchaussent. Ma mâchoire claque, j'ai envie de vomir. Je trempe les draps. Dans mon ventre, je sens grouiller des choses – chenilles, blattes, punaises: je fais un *bad*. Un stroboscope s'installe dans mon crâne, je vois des hommes marcher en ligne, une petite fille qui boit une eau noire, des animaux brûler avec les forêts, et gueuler, gueuler dans les flammes, je vois la mer qui monte, des séismes, des criquets avaler des champs, des abeilles attaquer des femmes, les piquer jusqu'à ce qu'elles meurent, bouffies de poison, je vois des singes s'entretuer pour une bouteille de Coca, des oiseaux terroriser des enfants, je vois des enfants errants, fous ou morts, un perroquet bleu, maigre et sale, je vois des gens dans des cages et des bombes partout, et ça dure des heures, la fin du monde, des heures de ruines. Au milieu du chaos, je vois le visage de Camille, sa beauté m'apaise. Je sens un linge frais sur mon front, le sel de ses larmes tomber dans ma bouche, il ne prononce aucun mot, il me soigne.

Lorsque la chaleur me réveille, il est à côté de moi, habillé, un seau d'eau à ses pieds. Il me dit que j'ai halluciné, un jour, deux nuits, qu'il a fait venir un médecin, il dit qu'il a eu très peur de me perdre. D'habitude, Camille se lève aux heures abandonnées par les hommes et va sentir le souffle des chevaux. Il m'arrive d'être jalouse de ce qu'il donne aux bêtes, jalouse des chevaux qui calment la colère qu'il traîne. Mais cette fois, c'est moi qu'il a choisie.

On monte dans une carlingue à hélices qui ressemble à une boîte genre cercueil. Je vais mourir dans cet avion sans hublots fumant de l'air froid. Camille se fout de ma gueule mais ses doigts pressent ma main. Direction Cayo Largo, un petit îlot paumé des Caraïbes.

Ici, à la tombée du jour, des milliers de crabes sortent du ventre de la terre. Ils envahissent les plages et les chemins. Ils ressemblent à une armée orange, égarée, sans chef ni projet. Avec leur pince en l'air, ils font un bruit de bave. Leurs yeux ronds, bêtes, me font sourire. Camille trouve ça flippant.

Le matin, les tortues pondent sur le sable blanc et froid malgré la chaleur. Je ne sais comment ce paradoxe est possible, un sable froid sous un soleil intenable.

La mer brûle et Camille nage au large. Il est un point fragile dans l'immensité. Il plonge, disparaît, réapparaît. Il pourrait être aspiré vers le fond. Avalé par un courant. Avoir une crampe. Se noyer au milieu des poissons. Mais il nage et la troisième prophétie du voyant me prend d'assaut.

Je vois l'homme que tu aimes, défiguré.

La liste des catastrophes possibles est infinie. Un drame peut survenir à n'importe quel moment d'une vie, n'importe où, à cause de n'importe quoi, c'est vertigineux. Je commence un inventaire mental de brûlures, d'accidents, de chutes, quand un type crie à son balcon, d'abord en espagnol, *tiburón*, *tiburón*, puis en anglais, *shark*, puis en français, requin. La bête rôde sous Camille. S'en va. Revient. Elle est rapide. Elle est si sombre dans l'eau si bleue. De la rive, je me mets à pleurer, ce qui ne sert strictement à rien face à des squales. Je me jette à l'eau – jusqu'aux genoux. Camille rentre à toute vitesse, en dos crawlé plus ou moins, la tête coincée en avant, scrutant l'eau des Caraïbes. Je l'encourage, bras en l'air. Je t'aime ! Je t'aime ! Voilà tout ce qui sort de ma bouche lorsque Camille s'écrase à mes pieds, tenant son cœur, les poumons vides, la face blanche et crachant la mer.

Pendant la nuit les cafards se baladent, gigantesques, on dirait des dattes avec des pattes. Certains volent et font le bruit de trois frelons. L'un d'entre eux escalade la jambe de Camille qui se met à hurler. Les animaux semblent se plaindre de sa présence, clairement, il n'est pas le bienvenu. Dans le lit *king size*, il me dit : faut qu'on se casse Cassandre. Il adore l'assonance qu'il case dès qu'il peut, Cassandre, casser, conne. Et puis tout bas, il se jette dans le vide et répète je t'aime plusieurs fois. Une joie déforme mon visage, je n'ai jamais été aussi heureuse que dans cette dictature sous les tropiques. Pourtant, une inquiétude me colonise. Je ne suis pas loin de penser que le bonheur est une fausse bonne idée. J'ai peur de tout perdre.

4

La vague noire

La mer est sale, fatiguée et silencieuse. Les flots ont disparu, c'est plat. Un navire déchiré coule, aspiré à la paille. Des bulles épaisses crèvent à la surface.

La mer est noire. Elle est molle. Elle charrie des tas de poissons qui flottent, les yeux ouverts sur un soleil très jaune. Ils sont gluants, rosés, gris-bleu, ils percent les eaux charbon avec des bouches qui bâillent. Les uns contre les autres, collés, c'est une étreinte obscène et foutue. Les poissons meurent sans un bruit.

Des mouettes plongent et se noient. Elles braillent comme des nouveau-nés, les ailes exsangues, laquées d'huile de pierre.

L'odeur du fuel se réfugie dans le vent et le vent transporte sa prophétie.

De l'autre côté, sur le sable, des corps observent la mer qui se retire et se précipite dans un trou aveugle.

Au large une vague se prépare.

Elle grandit.

C'est une montagne, un Everest peint en noir.

La vague s'approche, elle cache un instant le soleil et devient ce rideau sombre, un mur d'eau laide, l'enfer qui se jette sur le monde, le débarrasse de quelques hommes et de leurs yeux ouverts sur rien.

Vingt-deux ans, tout va bien. La vie continue sans que j'aie tué mon père ou que les prémices d'un effondrement mondial fassent la une des journaux. En revanche je crois mes sentiments crevables. Je couche avec Camille le week-end, sauf quand j'ai mes règles, le sang le dégoûte. Je l'ai trompé un soir avec un type de l'école qui ne se souvient de rien. La mémoire boit la tasse et c'est très bien comme ça. En m'offrant un corps imbibé de bière et une triste baise, j'ai replacé Camille au centre de tout. Je ne supporte pas l'idée de l'aimer moins, d'être lasse de la délicatesse de ses traits ou de sa brutalité touchante. Je suis prête à me taper d'autres minables pour ne pas vivre la fin des choses.

Je suis entrée à Maisons-Alfort grâce à une promesse d'enfant. J'apprends l'anatomie d'un chien, d'une vache, d'un hamster, et je rends fier mon grand-père qui s'efface. J'ai perdu ses yeux et les souvenirs s'épuisent à force d'être vus, rembobinés, vus. Il me reste de pépé une impression de douceur, un souffle chaud caressant ma joue.

J'habite une piaule à l'école, numéro 33, couloir C. Souvent, je traîne dans les salles du musée de l'école vétérinaire. Elles abritent les écorchés de Fragonard qui sont des sculptures de cadavres, entrailles à l'air. L'anatomiste vidait les corps de leur sang, y injectait un mélange de suint de mouton et de résine de pin, puis retirait la peau et imbibait ça d'alcool. Après ils séchaient. Comme un bouquet de fleurs. Il paraît qu'ils sentent bon.

Sur l'étagère d'une vitrine, des cœurs sont rangés dans des bocaux de formol. Il y a plus loin des singes, veines et tendons dehors, ou un lama dépiauté. À côté, un drôle de mec, les yeux flippants, brandit une mâchoire d'âne, il bande. C'est un Samson d'outre-tombe, ridicule et victorieux.

Un matin, j'emmène Camille au musée pour qu'il contemple les sous-sols de sa beauté ; les organes n'ont pas de charisme. Devant le *Cavalier*, un homme séché sur un cheval sans peau, il a un long frisson. La nuit, son corps se tord, agité par la fièvre, il se réveille très pâle, les cheveux froids, une odeur de poubelle sort de sa bouche, il ressemble à un vieillard.

Samuel aussi squatte les allées de la collection Fragonard, il apprécie les profondeurs de l'être. Je l'ai rencontré pendant notre bizutage ; la consigne était de manger des foies de lapin crus. Samuel a mâché les abats, hilare, il a fait peur à tout le monde. Ce garçon bizarre a une tête dure, le centre flasque, un socle pain de sucre à l'envers. Il est crémeux – *gelato* coulant sur son cornet. Il a passé sa première année à tester des médocs pour chien. Au début, les autres l'ont encouragé puis l'ont traité de fou puis de pauvre type pour enfin l'ignorer. Samuel a subi quelques lavages d'estomac et des chiasses cruelles. C'est mon binôme, personne n'en veut. On part bientôt en stage dans un élevage bio de vaches laitières et les montagnes de Haute-Savoie.

Ma mère m'a demandé de venir manger. Une fatigue s'écrase sur moi, comme un rocher, comme un dolmen. Lorsque je vais chez mes parents, j'entre dans un coma léger. Pour me donner du courage, j'achète des merdes chez H&M, un tee-shirt, une jupe, une ceinture, ça coûte dix balles. Ce genre de supermarché comble mes vides intérieurs – au moins pendant cinq minutes. Puis le métro, le RER, un bus, trois minutes à pied.

Les murs du pavillon de L'Haÿ-les-Roses, allée des Saules, pas loin des tours, ont jauni. La vie prend la poussière. Le carrelage est toujours aussi propre, blanc, moche. Les meubles n'ont pas suivi les modes, ils sont pratiques. J'ai grandi dans une maison triste parce que mes parents l'étaient.

Je m'assois autour de la table ronde face au jardin. Je regarde ma mère. Je la trouve vieille tout à coup, quelque chose dans son visage a chuté, les pommettes ou les paupières ou les deux. Elle sort le gratin dauphinois du four, le pique avec un couteau pour vérifier la cuisson, le remet dedans, elle dit : ton père adore ça.

J'ai toujours menti à ma mère. Elle ne me connaît pas, et inversement. Pourtant l'endroit que je préfère reste l'odeur poivrée de son cou. En partant de chez mes parents, je feins toujours d'avoir froid et j'enfile un pull qui sent son parfum. Je dors avec lui, et lorsque le pull retrouve sa solitude de pull, je le rapporte et je recommence. Jamais ma mère ne m'a demandé de faire attention à ses trucs ou de penser à me couvrir mieux.

C'est étrange aujourd'hui, elle ne casse pas les silences, elle habite dedans. Je regarde la pelouse, elle est jaune. Ma mère ne met plus les pieds dans le jardin, l'allée des Saules est un cul-de-sac. Elle a laissé crever les géraniums, les rosiers, toutes ses fleurs, mais elle a fait poser du double vitrage. Le bruit infatigable des perroquets lui donne des migraines. Mon père a saccagé le jardin, il a privé ma mère du soleil et du vent.

Avec du grillage et de vieilles planches, il a fabriqué trois volières de cinq mètres carrés. Les cages puent la fiente de six oiseaux rares, deux couples de grands aras d'Amérique du Sud et un couple de cacatoès à huppe jaune. Ses perroquets ont des voix de castrat bronchitique et peuvent vivre jusqu'à quatre-vingts ans, génial. Mon père est fasciné par leurs langues noires et sèches. Je regrette le silence de Cassis : le chat gît dans un coin du gazon pelé.

Je ne peux pas approcher Mimi et Ricco, les blancs à crête jaune, sans que mon père me colle au derche, comme si j'allais passer une main dans la cage et leur tordre le cou ; les perroquets ont des becs qui sont des sécateurs, ils pourraient me couper un doigt.

L'élevage occupe mon père à temps plein. Il place les œufs dans une couveuse – la température doit être constante, été comme hiver, sinon bye-bye. Il retourne les œufs deux fois par jour et les pèse. Quand les petits crèvent la coquille et piaillent, il les nourrit à la pipette toutes les deux heures. Il note sur un carnet leur poids et la courbe de croissance ; c'est du boulot.

Il y a eu pas mal de ratés, de noms débiles rayés sur des feuilles, d'œufs à la poubelle, d'oisillons claqués : un carnage. Le jour où il a réussi à en garder un en vie, il a carrément pleuré. Je ne crois pas qu'il ait été si heureux à ma naissance. Les trois piafs rescapés de ses expérimentations ont été vendus à des collectionneurs. Avec l'argent, il a acheté Mimi et Ricco.

Les voisins ont écrit des lettres au maire. Entre le bruit et l'odeur, ils pètent les plombs. C'est une question de mois mais mon père louche sur un terrain dans le sud de la France. Il élèvera ses animaux savants en plein champ et dormira dans une caravane. Il s'imagine avec une centaine d'espèces pour commencer. Il paiera la terre avec son petit héritage. Il n'a pas demandé son avis à ma mère.

Je l'observe parler aux oiseaux tout bas. La tendresse qui se dégage de ses gestes est intolérable. Je meurs de savoir ce qu'il leur raconte, tirades existentielles ou simples bavardages. Compense-t-il les années blanches à s'être tu à table ? Nous n'avons eu droit qu'à son silence ou à des phrases qui y ressemblent. Il n'entre dans la maison que pour manger et se laver en vitesse. Il a installé un matelas dans l'abri de jardin où il y a la couveuse, on dirait un clochard enroulé dans sa couverture.

Je ne sais pas faire autrement, je continue de courir après cet homme qui est mon père : c'est pour tout le monde pareil. Je voudrais qu'il me dise quelque chose d'important, une parole durable que je sortirais du placard si j'ai peur, mal, si je sombre, une phrase à laquelle m'accrocher. Je comprends qu'on n'est jamais aussi seul qu'avec ses parents.

Le gratin dauphinois fume au milieu de la table. On attend que mon père nourrisse Kiwi, Juno, Curry et Pichou, les grands aras de mon cul. Il s'assoit enfin, regarde sa femme et lui demande : t'as parlé à Cassandre ? Ma mère ne répond pas. Elle sert trois grosses parts de gratin dans chaque assiette. Ses yeux se voilent. Ils sont noirs alors qu'ils sont clairs. Je répète : parler de quoi ? et mon cœur est un sale type. Je sais qu'une phrase définitive va jaillir de la bouche de ma mère et que le monde va s'effondrer.

Ta mère va mourir en moins de trois secondes.

La prédiction numéro 4 du voyant explose. J'ai un cancer – voilà la phrase. Du sein, elle ajoute. Le silence qui suit me déchire. Je n'ose regarder ma mère de peur d'y voir la mort. Je plonge mes yeux dans le gratin, j'ai envie de hurler et ça part, les larmes dans l'assiette. Je ne supporterais pas de perdre ma mère, ou de la voir souffrir, ou de la voir se battre, que son odeur s'en aille. À cet instant, j'ai besoin de me jeter dans le vent, les vagues, d'être frappée par le soleil, d'oublier cette phrase – j'ai un cancer. Je reste immobile sur ma chaise, j'ai honte d'être si faible. Mon père a posé une main sur la main de sa femme et sa bouche tremble. Il se lève et revient avec une bouteille de champagne, un cadeau de la direction quand il était clerc de notaire. On boit la bouteille, il y a un fou rire, on est une famille.

Dans la salle de bains, à l'étage, je nettoie ma tristesse. Je baigne au fond du miroir ovale, j'ai l'impression d'être adulte. J'essaie de trouver dans mon reflet du courage, mais je ne vois rien.

Je marche jusqu'à la chambre de mes parents. Derrière la porte, ma mère fouille dans sa penderie, sort un pull, le bleu en cachemire, et le vaporise de son parfum. Une douceur violente comprime ma respiration. Pour chaque pull emprunté, elle a répété ce geste. Puis elle pose en général le vêtement quelque part, en boule de préférence, que ça ait l'air naturel. Il ne fallait pas que je sache qu'elle savait. On a beau tout cacher, les mères savent à peu près tout.

Je repars avec le pull en cachemire et un Tupperware plein de dauphinois. Je ne pourrai plus en manger sans vomir. Le cancer de ma mère a le goût d'un gratin de pommes de terre.

Mon père est retourné nourrir ses perroquets, bourré. Je lui fais un signe de la main, il agite la sienne et se casse dans l'abri de jardin. Ma mère embrasse mon front. Avant de passer la porte, elle se rappelle tout à coup – ma chérie attends. Elle dit : ma chérie il y a une lettre pour toi. Elle me tend une enveloppe bleue avec mon nom écrit en arabesques, que je fous dans mon sac.

Un crachin débile couvre la banlieue. Je marche, la pluie, les larmes, c'est pareil. Je rentre le menton dans le col roulé en cachemire et je respire ma mère qui va perdre ses cheveux. Quelle tête elle aura chauve, est-ce qu'elle portera une perruque, de quel genre, coupe courte, longue, brune, blonde, ou rousse comme moi. Est-ce qu'elle va mourir. Il faut bien que les mères meurent, voilà une vérité à se foutre en l'air.

Le RER sent une humidité malsaine, je m'assois près de la fenêtre. La banlieue trempée s'étire en arrière, l'odeur du dauphinois déborde partout. Au fond de mon sac, l'enveloppe bleue est cornée. Je l'ouvre. C'est un faire-part de mariage. Dans une graphie de château ridicule, Jonas et Gaëlle se marient en septembre.

Chaque matin depuis deux mois, je me réveille amnésique. Pendant quelques secondes magnifiques ma mère n'est pas malade, puis tout se casse la gueule et je tombe dans un trou grand, profond et noir. L'angoisse colle au cul de ma raison. Je ressasse la phrase du voyant, *ta mère va mourir.* Je suis coincée dans cette phrase. Je réfléchis à l'envers. Je me remets à prier les dieux. Je les supplie de sauver ma mère. De tromper le destin, de changer les cartes. J'en suis là, débile, noyée dans l'absurdité.

Je réponds à Jonas sur jonas&gaellesemarient @caramail.com que je serais ravie de venir à son mariage et de rencontrer Gaëlle, ce qui est archifaux. Je me demande quelle tête peut bien avoir cette fille, déjà le prénom est dégueulasse.

Je consulte ma messagerie trois fois par jour sur les ordinateurs de l'école. Jonas reste silencieux mais imaginer nos retrouvailles me sauve du cancer de ma mère. Je déroule mille scénarios qui bloquent mes pensées noires. Dans mes délires, Jonas est froid, il m'en veut puis me pardonne, il se plaint de Gaëlle qui est cruche et chiante et pas terrible en plus, il va annuler le mariage ! Et voilà qu'il me prend la main et me regarde, c'est intense, il me désire, il me désire depuis l'enfance, et tout cela se termine par une pelle – dans la rue, le métro, la nuit. Grâce à cette enveloppe bleue, j'oublie la chimiothérapie qui abîme la beauté de ma mère.

Assise contre un arbre, dans la cour de l'école vétérinaire, je lis *Œdipe roi* quand le car rempli d'obèses se gare dans le parking. Ils viennent une fois par mois passer des radios. Leurs corps ne rentrant pas dans les machines classiques, on les envoie dans celles prévues pour le bétail. Les uns derrière les autres, les gros descendent du bus. La honte les transforme en bossus. Ils sont ensuite parqués dans un coin où chacun attend son tour. Tous les élèves matent et il y a toujours un con pour gueuler une vacherie.

La sonnerie de mon Nokia me détourne de la tragédie grecque et des obèses. Un numéro inconnu s'affiche. Je réponds. Allô ouais c'est Jonas. L'adrénaline dérègle mon système nerveux. Je me lève trop vite, m'appuie contre le tronc de l'arbre. Je manque de flancher, et un peu plus tard, me prendre une porte en pleine balle. Au téléphone, les minutes sont maladroites et les rires forcés. On raccroche en disant qu'on se fait un dîner bientôt.

Mon cerveau est seul avec Jonas, et Camille m'offre un collier moche. Je l'écoute moins et sa beauté, ma foi, le train-train. Il me trouve songeuse, dispersée. Je me tiens loin de sa peau qui m'ennuie, parfois je ne peux plus le blairer. Je me détache. Il se projette. Un appartement après mon diplôme, un voyage. On lui a parlé d'une petite île des Baléares où les chevaux sont des dieux. Son enthousiasme m'indiffère, je ne pense qu'à Jonas pour ne pas pleurer ma mère. Lui seul me sort du marasme. J'achète un tas de fringues chez H&M, mais tout est moche.

Jonas m'invite à dîner par SMS. Un dîner de couples ! Je jette mes petits films dans la poubelle de mon crâne et le cancer reprend ses aises. Je me sens inutile et lâche. Je voudrais crier à ma mère que je l'aime, j'en suis incapable. La phrase sèche à l'intérieur de ma gorge. Même les insultes ont passé la barrière, pourquoi cette sottise, je t'aime, me paraît indécente.

Les rues de ce côté de la ville sont vides. Les trottoirs larges. On entend peu les voitures mais quelques oiseaux : le 6e arrondissement. Camille me tient la main devant une entrée d'immeuble chic. Nous montons deux étages, foulant un tapis rouge épais. Je frappe, et comme si on avait fait exprès, la fille derrière la porte éclate de rire, mimant une vie exagérément *cool* et *fun*. Elle ouvre et la jalousie me fiche à terre, elle me roue de coups : elle est blonde, les yeux longs, une robe noire moule des seins droits et un cul haut, pas de chaussures, les pieds sont petits et cambrés, elle sourit et tout cela est blanc, elle sent la figue et marche dans l'appartement plein de parquet, elle allume une cigarette avec un Zippo ; je suis un tas de pierres. Mes habits neufs prennent des airs de chiffons sous l'évier. Je serre fort la main de Camille, sa beauté me venge. Mon mec est un tableau de maître qui compense ma dégaine : plouc.

Dans le salon, deux grandes fenêtres sont cachées par des rideaux lourds, la table ronde est dressée comme chez des vieux. Jonas se lève du canapé en cuir, il porte une barbe et un gilet de grand-père. Il claque ses joues contre les miennes, on dirait qu'on ne se connaît pas, on dirait qu'il a cinquante ans. Il a grossi, surtout le ventre, du genre beurre mou. Je me rue dans ses yeux contraires pour y trouver mon enfance mais je ne vois rien. Son œil vert a passé, il est assorti à son gilet. Il se tourne vers Camille, lui propose de s'asseoir et une bière. Il me laisse au milieu du parquet. Gaëlle se pointe avec des carottes à tremper dans une sauce blanche, des chips, des Heineken. Je lambine sur ses jambes. Je la mate comme un mec de comptoir. Elle a des lèvres qui sont des poissons rouges.

Jonas jacte seul en mangeant les chips, école de commerce, grosse boîte, chef de zone export, directeur de filiale à l'étranger, mondialisation,

Dubaï, des mots au bout desquels il y a pas mal de fric à se faire. Il écarte les jambes et étale ses bras sur la tranche du sofa. À l'époque, il voulait entrer aux Beaux-Arts, apprendre la peinture. Je tente de lui rappeler mais il enchaîne sur Gaëlle qui est en pharma ; ils feront sans doute un tour du monde. C'est à Camille de parler puisqu'on le lui demande. En trempant les tiges de carotte dans la sauce yaourt, il raconte qu'il est garçon d'écurie, qu'il nettoie le purin de pur-sang. Il ne joue pas la comédie bourgeoise, il boit des bières, attend que ça passe. Il n'a jamais honte de ce qu'il est. Il emmerde le monde. Je perçois dans son regard un petit mépris pour l'autre. Je l'entends déjà, c'est ce gars-là ton Jonas, t'es sérieuse ?

Gaëlle apporte un poulet rôti et du gratin dauphinois. L'odeur déclenche dans ma bouche une nausée violente. Je vais aux toilettes, suante, je me demande bien ce que je fous là, pourquoi Jonas m'a invitée, pour m'écraser – mouche à merde de sa mémoire. Sur la cuvette, je me dis que les hommes souffrent plus que les autres, ne sachant comment se débarrasser de leur rancune. Ils tombent d'une falaise lorsque l'on rate une marche. Ils traînent des années le premier désir douché, la première trahison, ils ne s'en remettent pas. Ce n'est pas une question de romantisme, c'est un problème d'éducation. On ne leur dit jamais non, alors quand vient l'amour déçu c'est un coup de hache dans la gueule. Depuis le début de cette soirée horrible, Jonas ne me regarde pas, il évite mes mots, me contourne. Il a tout perdu de lui-même, je n'arrive pas à croire qu'il soit ce con, fils à papa, bouffon, j'ai envie de tout péter lorsque mes yeux s'arrêtent sur une photographie au-dessus des W-C. C'est un mur en briques traversé par nos deux noms, Chrome et Chien. Je me rappelle le canal de l'Ourcq et nos rires seuls au monde. Je ne savais pas que cette photo existait. Notre amitié gît dans les cabinets.

Gaëlle m'attend derrière la porte des toilettes, elle dit : tu es blanche comme un œuf. On discute dans cette odeur de gratin insoutenable et ma tête se remplit de ma mère qui meurt. Je décide de plonger dans la beauté de Gaëlle pour tromper la mort ; la beauté m'a toujours fait l'effet d'un anxiolytique, type Xanax, genre Tranxène. Je me mets à complimenter la fille sans finesse, je la baratine. Les femmes adorent être draguées par des femmes qui sont des gros lourds. Je ne veux plus penser à rien : je fous ma langue dans la bouche de Gaëlle qui semble apprécier puisque le baiser dure. La pelle terminée, elle colle un doigt sur ses lèvres-poissons rouges, silence. Adieu.

J'ai vingt-deux ans quand ma mère perd un sein, la moitié de sa féminité. Puis ses sourcils, ses cils, les poils de son sexe. Elle n'a plus rien sur le crâne, des touffes éparses qu'elle rase. C'est une peau de bébé, c'est une tête de cyborg.

Je suis dans les montagnes de Haute-Savoie avec Samuel, en stage dans une ferme posée au milieu de rien si ce n'est d'un paysage à qui je demande l'impossible. Je prie les vallons enneigés de sauver ma mère. Je compte sur les épicéas pour vaincre mes angoisses. J'implore des morceaux de ciel de trouver le sommeil : je fais une dépression.

Franck, l'éleveur de vaches laitières, est célibataire – quarante ans mais fait plus. Il a un sourire de petite fille timide et un catogan duquel sort une queue jaune et maigre. Ses vêtements sont serrés. Le type est sec, pas un pet de gras, pourtant le dîner c'est charcuterie fromage vin rouge, le tout dressé sur la toile cirée à petites fleurs. Pour s'asseoir, deux longs bancs en bois. Samuel mange un saucisson entier et Franck nous fait rire avec un stock de blagues. Samuel est plié en deux mais il est bon public. Il s'imagine très bien en vétérinaire de campagne à soigner des ruminants.

Ma chambre est à l'étage en face d'une salle de bains avec chiottes. Je me couche dans un lit à ressorts sous un tas de couvertures. Mes pieds sont deux cailloux que je frotte l'un contre l'autre, ça caille. J'entends le parquet craquer plusieurs fois dans la nuit.

Il est cinq heures et la montagne est noire. Franck passe une main sur mon épaule puis me fait un café. Samuel engloutit une baguette armée de reblochon qu'il trempe dans un bol de thé; la beauté de Camille me manque. Nous marchons dans un froid d'enfoiré avec les lampes torches et traversons le petit bois d'épicéas qui sent la résine. Les vaches pleines avancent molles vers la salle de traite. Samuel nettoie très doux les trayons et y accroche les manchons qui récoltent le lait. Le lait se tire ensuite dans des tuyaux jusqu'à de grandes cuves réfrigérées.

Je m'occupe de laver le matériel et les locaux. Franck me demande de le suivre dans l'étable. Une génisse sur un amas de foin va mettre bas, elle s'appelle Ma Jolie. L'éleveur caresse la bête avec son sourire de fillette, il dit : c'est bien, c'est Ma Jolie ça. Samuel arrive en sifflant faux et jauge la vache, qu'il trouve vraiment très belle, une bonne génisse ! Franck lui lance : qu'est-ce que t'en sais toi si c'est une bonne génisse, et se casse réparer une clôture dehors.

Il n'y a plus de saucisson sur la toile cirée mais un pain dur et du pâté. Samuel en tartine deux grandes tranches et raconte par le menu sa journée : bêtes nourries, litières faites, étable propre. Il n'est pas peu fier, et ouais il a une sacrée dalle. Franck ne parle pas.

J'ouvre les yeux et tombe sur ses petites dents grises. Il me secoue dans mes couvertures et murmure : habille-toi. En bas, Samuel est au taquet, tête dans le cul et lampe torche dégainée. Nous traversons le petit bois en marche rapide : là-haut la vache gueule. Franck sort de son sac à dos une boîte métallique remplie d'instruments. Il pousse Ma Jolie dans un box, l'attache à l'aide d'un licol puis enfile des gants de vêlage roses. Il nettoie le flanc gauche et le tond. Les beuglements de la bête agitent Samuel qui a mal au bide. Il tremble dans l'étable où tout est gelé, l'air, nos muscles, l'ambiance. Il caresse le museau de Ma Jolie comme si c'était le père du veau. Les yeux ronds de la vache, que l'on dit vides ou idiots, souffrent comme les autres.

Franck injecte à l'animal une dose d'anesthésiant et d'antibiotiques puis prépare dans un seau une solution désinfectante. Il se racle la gorge, crache dans le foin. Il exécute des gestes précis, dans l'ordre et sans hésiter : il saisit le scalpel, incise la peau à la verticale, ouvre les couches de muscles puis le péritoine, passe la totalité de son bras à l'intérieur de la cavité abdominale, va chercher l'utérus, écarte les disques placentaires et coupe trente centimètres le long des canons, de la pointe du jarret jusqu'à l'onglon.

Deux pattes sortent du ventre, c'est un gag de mauvais goût. Franck enroule une corde autour des membres et me demande de tirer. Alors je tire l'enfant de son coin, qui glisse, blanc, glaireux, le long de sa mère. Moi aussi un jour, comme cette vache, j'aurai un bébé, Jacques Marrant me l'a dit.

Le cordon est coupé. Franck désinfecte puis suture – utérus, péritoine, muscles et peau, pareil que tout à l'heure mais dans l'autre sens. Samuel pleure, une chasse d'eau.

Franck ouvre une bouteille de rouge, une trace de sang de vache sur le front, il est trois heures du matin. Il a appris à faire une césarienne en observant le vétérinaire, fastoche. Il enchaîne les verres devant la cheminée qui ranime un peu nos corps. Il branche la chaîne hi-fi et insère dans la fente un disque compact de U2. Il se met à danser puis chanter en yaourt *with or without you*. Je me force à boire pour fêter le fils de Ma Jolie que mon binôme a baptisé Petit Cœur, année des P. Face aux flammes qui éclairent son gros visage, Samuel remercie Franck pour ce qu'il a appris durant ces deux semaines magnifiques, extraordinaires, bla bla bla. J'opine en silence, pensant aux mains roses de l'éleveur fouillant l'intérieur de la vache.

Je traverse une dernière fois les épicéas pour la traite. J'entre dans l'étable qui sent la bouse. Les bêtes sont pleines de cloches et de lait. J'allume les lumières grises du plafond, la paille a l'air triste. J'entends un bruit de bottes et mon prénom. Il est face à moi et me plaque contre lui. Il est saoul. Il pue. Il me dit des phrases, embrasse-moi, puis je ne sais comment ma tête frappe le sol. Je suis sans force et ses mains rêches aplatissent mes seins. Je n'arrive pas à prononcer un seul mot. Son sourire de fillette pénètre ma bouche, tu sens bon. Il respire mes cheveux, tu veux hein, tu veux. Il lèche mon oreille, je tourne ma tête fatiguée, t'aimes ça. D'un coup, son corps valse et s'écrase contre les grilles du box. Je vois Samuel cogner la gueule de Franck. Le nez casse, le sang sur le foin. Samuel balance des coups de pompe dans le ventre de Franck, tout cela devant Petit Cœur qui vient de naître et regarde déjà la violence du monde depuis ses grands yeux idiots.

J'ai oublié Franck et sa langue, son odeur de vin rouge, de fromage et de solitude, c'est parti au vide-ordures, dans ce coin sombre de ma mémoire : la déchèterie. C'est le lot des femmes, oublier les mains sales. Je vais chercher ma mère allée des Saules. Elle porte un jean blanc et une perruque blonde au carré. Le postiche est de mauvaise qualité, cheveux genre paillasse, qui ajoute à la maladie la honte ; la perruque moche est une humiliation supplémentaire.

Ma mère transpire. Les faux tifs ne collent pas à son front. Dans le taxi qui sent la vanille, elle regarde filer la départementale, et son visage est calme. Sur ses genoux, un sac mou avec quelques affaires. Elle attrape ma main, en caresse la paume, ça fait son effet. Je l'observe de longues minutes, ses bras maigres, ses épaules saillantes. Les ongles faits, les lèvres crémeuses, le fard sur les joues si blanches, cette perruque peignée tant bien que mal ; la coquetterie rend la vie ou le cancer plus acceptable. Mon cortex se goinfre de ma mère et la voiture se gare devant Gustave-Roussy : routine, radiothérapie.

Pendant que ma mère brûle, je grille une cigarette à l'entrée de l'hosto. Je l'ai accompagnée à Villejuif pour que ça cesse : je vais retourner chez Jacques Marrant. Comme la victime cherche réparation auprès de son bourreau, je me dirige rue Pascal, au numéro 12, avec la conviction de lui en mettre plein la gueule. J'ai préparé mes phrases en amont. Mes insultes vernies. Tout mon discours. Je veux reprendre le contrôle de mes pensées, nettoyer la crasse qu'il a foutue dans ma tête. Je ne suis plus la gamine inconsolable qui a perdu son grand-père, je suis une femme, j'en ai sous le pied. J'entre dans le hall et monte les deux étages, impatiente. Porte face. La plaque noire où trône le nom faussement sympathique de Jacques Marrant penche un peu. Je sonne. J'attends. On ouvre, c'est un garçon. Il doit avoir cinq ans. Maman, maman, chais pas qui c'est. Derrière lui, des montagnes de cartons.

Une femme arrive, la quarantaine, cheveux tirés, l'air épuisé. Oui, vous cherchez ? Je cherche Jacques Marrant. Vous l'avez manqué, il a déménagé dans les Pyrénées, bizarre cet homme, vous le connaissez bien ? En me remettant les clés, il m'a dit d'acheter un piano à Quentin, c'est mon fils, il m'a affirmé que c'était un très grand musicien – il n'a que quatre ans –, et puis avant de partir, il m'a balancé qu'en 2023 ce serait la fin, ce à quoi je n'ai rien répondu, ça m'a fait peur je ne vous le cache pas, c'est un voyant il paraît, vous y croyez, vous, à tout ça ?

Ce que je ressens à cet instant : injection de verglas dans les veines. Pétrification. Fossilisation.

Jonas et Gaëlle entrent en blanc dans la mairie du 5e arrondissement en face du Panthéon et un avion percute une tour à New York. Dix-sept minutes plus tard, ils s'embrassent heureux devant leurs proches et un deuxième avion s'encastre dans la seconde tour : le mariage est gâché.

Les invités sont collés aux téléviseurs des bistrots du coin, branchés aux radios, en retard au château, ils ne parlent que de ça à table au lieu de célébrer l'amour et danser saouls sur la piste sous la boule à facettes. Je retrouve Gaëlle dans les toilettes en marbre, elle pleure puisque le 11 septembre 2001 devait être le plus beau jour de sa vie et non une énième catastrophe de l'Histoire. Je tente de l'embrasser une seconde fois mais là, c'est niet – pas le cœur au marivaudage.

Jonas avait raconté ça au dîner : dans sa famille, on se mariait exclusivement le mardi, c'était la tradition. Ses parents s'étaient mariés un mardi et les parents de ses parents aussi, et ainsi de suite très loin en arrière. La raison était toute simple et religieuse. Autrefois, le mardi était jour de noces, point. Il avait semblé fier de l'anecdote, le con.

Assise dans le jardin du château, une coupe de champagne à la main, je pense à la marche du monde, à son désastre. J'ai vingt-deux ans et l'Occident plonge dans la peur, le vide, la dépression. Je finis le vin pétillant, bourrée à la fête, je prends conscience de mon inutilité et de la violence des hommes, de leur violence intrinsèque – génocides, bombes, guerres, colonies, esclavages, tortures, martyres ; la mémoire humaine est un ciel pollué, une marée noire, un sol stérile, elle est un petit Tchernobyl. Et les choses ne sont pas près de s'arranger.

J'ai vingt-trois ans. Je m'installe avec Camille dans un appartement, métro Picpus, un trois-pièces meublé qui appartient à Santiago Pons, le propriétaire de Tornado, un étalon noir dont Camille s'occupe. Le même Tornado que dans *Zorro*, un sosie équin en plus de l'homonyme. On ne paie pas de loyer car le type est blindé et fan de mon mec.

Avec ses cheveux blancs épais, sa moustache courte, son élégance bizarre, Pons est devenu pour Camille un père providentiel, passionné de bourrins, et pas suicidaire. La rencontre s'est faite dans les écuries de l'hippodrome, un coup de foudre. Depuis, ils passent leur temps à parler des bêtes, de courses épiques, et du monde. Le vieux a fini par embaucher Camille en exclusivité. Il ne s'occupe que de Tornado, le monte, l'entraîne. Tu es comme mon fils – voilà le genre de conneries que Pons raconte.

Moi je suis coincée dans l'appartement où l'autre débarque à n'importe quelle heure. Il doit considérer sa présence comme la juste contrepartie du bail blanc. Quand il est là, je reste dans un fauteuil près de la fenêtre à regarder ailleurs. Pons m'insupporte, il me vole Camille, enterre sa part dangereuse. Je n'aurais jamais dû rendre ma chambre à l'école. Les discussions avec Samuel me manquent.

Le cancer ne tuera pas ma mère. Je tente de souscrire à un optimisme naïf. Je trouve, par exemple, que la maladie a construit un pont entre nos deux solitudes. Grâce au cancer, je n'ai jamais été aussi proche de ma mère. J'arrive maintenant à lui dire des phrases sentimentales. Je deviens une enfant modèle, je bosse à fond mes cours. J'apprends un métier : castrer des chats, stériliser des chattes. Je suis incollable en pathologies des équidés, des psittaciformes, et tout ce qui est chien, lapin ou rat.

Ma mère est fière de moi.

J'ai vingt-quatre ans, les cheveux de ma mère repoussent. Coupe courte, nouvelle vague. La beauté perdue récidive. Elle est en rémission, Orphée aux Enfers : ne te retourne pas maman. *Fuck you* Jacques Marrant.

Un samedi, elle m'emmène voir un film hommage à Noureev. Elle me dit : il était le plus grand et son corps, un muscle acharné tendu vers le sublime. Sur l'écran de cinéma, elle dévore la grâce érotique du danseur. Je comprends qu'elle va quitter mon père et le pavillon chiant. Je suis fascinée par la vie de Noureev qui a tout abandonné pour la beauté – pays, famille, l'amour. Rien ne comptait que l'art et la liberté. L'inverse parfait de ma mère qui a choisi mari et fille pour zapper le reste. La fin du film montre un homme très maigre, qui porte une perruque affreuse et pleure sous les applaudissements du monde. Il est assis au fond d'un siège, sa silhouette n'est plus qu'une armature de cerf-volant. Une phrase en italique conclut que l'étoile meurt à cause du sida, à cinquante-quatre ans.

On sort du cinéma, le soleil ricoche sur les lunettes noires de ma mère qui passe un bras sous le mien. Elle est d'une élégance folle avec sa robe simple, ses talons droits. Nous marchons sur les trottoirs de Paris et dans son bruit incessant. On s'arrête quais de Seine, face à l'eau molle. Je me demande toujours ce que ce fleuve cache comme cadavres, vélos rouillés, maladies anciennes. Une chaleur douce glisse, ma mère sourit. Elle me dit : ma chérie, je vais partir. Je vais faire un long voyage. Un tour du monde. Avec ton père on s'est mis d'accord, on n'a plus envie de vivre ensemble et je suis très heureuse comme ça. Ne sois pas trop sévère avec lui pendant mon absence, tu sais il m'a beaucoup aidée pendant la maladie. Sans lui, sans toi, je n'aurais pas eu le courage. Merci ma fille, ma merveilleuse fille, ne retiens de la vie que l'amour, il n'y a que l'amour. Cette phrase qui ressemble à un adieu me bouleverse. Puis le rire de ma mère éclate et s'éparpille quand je lui balance qu'elle est Margot Fonteyn, qu'elle mérite les scènes internationales et pas un salon triste. Je lui dis : bravo maman, pourtant je voudrais retourner dans son ventre, dormir là, dans son ventre, pendant des années.

Suite à la guérison de sa femme, mon père a acheté un petit terrain dans une pampa du sud de la France, à La Roque-sur-Pernes. C'est une terre sèche et stérile. Il a payé deux mille balles un vieux camping-car dans lequel il vivra. Le reste du fric, il l'a donné à ma mère pour son long voyage. Tout est pour le mieux dans le meilleur des mondes.

Il est tôt sous les lumières froides. Les couloirs des hôpitaux sentent toujours la même odeur de colle. Il y a des tubes, des bruits de machine. Camille est allongé dans un lit blanc. Son visage ne ressemble plus à un visage mais à de la pâte à modeler manipulée par un enfant.

Je vois l'homme que tu aimes, défiguré.

Hier. Le vent cinglait les arbres. Des branches tombaient sur la chaussée. Les tuiles des toits valsaient puis se brisaient par terre. Santiago Pons voulut que Tornado fût entraîné malgré la tempête. Il pria Camille de le sortir fissa des écuries. Camille raccrocha le téléphone en pestant pour la première fois contre Pons – qu'est-ce qu'il lui prend !

Je ne peux qu'imaginer la suite, l'étalon noir qui se bat contre sa peur et la fureur du vent, devient fou et flanque le cavalier à terre, le piétine, se tire n'importe où, laissant Camille au fond de la boue, puis les secours, le brancard, les sirènes sur la route.

Pas certain qu'il remarche un jour votre copain – voilà la phrase d'un médecin qui se plante dans ma peau, lacère mes organes, m'empêche de respirer. Je repense à la prophétie, au cavalier de l'Apocalypse du musée Fragonard, à la fièvre de Camille : avait-il vu son corps tomber ?

Vingt-cinq ans, ma mère est percutée par un camion à L'Haÿ-les-Roses. L'odeur poivrée de son cou n'existe plus.

5

Les crapauds

Il pleut sur la terre, l'eau fabrique la boue, et sous des ciels sales sans cesse des hommes prient, seuls au fond d'un désastre les mains jointes ou à genoux, ils implorent des dieux neufs, des chimères bizarres, une tête de cerf, un corps de limace, et devant ces idoles laides, ils pleurent, ils meurent, car le monde est si gris que le jour est la nuit et que les nuits sont vides, impuissants sous les pluies, chaudes et infinies, ils n'ont pu empêcher les tombes et le fléau, tout cela commença par les chiens, les chats, qui périrent à cause d'un venin froid, le venin gelé des crapauds buffles, un batracien funeste, moche et gras, apporté ici un jour pour lutter contre une bête, une toute petite bête, un genre de scarabée, et les crapauds par milliers puis par millions grouillèrent, parce que le ciel devint si con qu'il plut tout le temps. C'est dans ce bain tiède que les têtards se baladent, exit les coléoptères, mais exit aussi serpents, crocodiles, varans, tous les animaux, il n'y a plus rien de beau, et la vie disparaît. Maintenant les crapauds sont des monstres, sur leur peau le poison est immonde, et voilà les hommes crèvent, couverts d'une écume dégueulasse : c'est la bave du crapaud qu'ils crachent.

À quoi pensait ma mère quand le type au volant du camion a écrasé son corps, est-ce qu'elle rêvait à son voyage, est-ce qu'elle dansait avec Noureev. À quoi pensait la mort quand elle a crevé ma mère, a-t-elle ri de ses dents jaunes. Une seconde de plus ou de moins ç'aurait été une simple frayeur, un cri à tout casser, et l'insouciance n'aurait pas déserté le monde. Je regarde les gens exister dans les rues, aux terrasses des cafés. Leurs rires me déchirent.

Je ne reviens pas à l'école vétérinaire, je n'ai plus la force d'apprendre. Et dans les profondeurs de ma mémoire, l'amour de mon grand-père s'est perdu : je suis toute seule. Je n'aurai pas mon diplôme, j'abandonne. Aucun de mes muscles ne daigne soutenir quoi que ce soit. Mon père a déménagé à La Roque-sur-Pernes avec les perroquets et une photographie de sa femme, jeune, belle, plein sourire. Il l'a fait tirer en trois exemplaires, a acheté des cadres en bois, a posé le tout dans la kitchenette du camping-car, sur la petite table de chevet du coin nuit, au centre d'une étagère remplie de livres sur les oiseaux rares. Ma mère est devenue une image muette, à jamais figée dans sa beauté et le sud d'une France que je ne connais pas.

J'ai donné rendez-vous à Samuel dans un bar chiant du 15e arrondissement. Je cherche des endroits qui ne ressemblent pas à Paris où pleurer à l'abri de la honte. Il porte un débardeur noir finement côtelé et un jean mal taillé. Je remarque à ses pieds une tige verte plantée dans un pot orange. Il se lève pour me prendre dans ses gros bras puis commande au serveur une assiette de charcuterie, une assiette de fromage et deux barquettes de frites. Il essuie son front suant avec un bout de tissu à petits carreaux. Il transpire, il est ému. Il retient la charge d'une émotion qui n'est pas la sienne. Ce garçon étrange est un sac de coton. Depuis l'affaire de l'étable et Franck jeté sur moi, je lui raconte le tréfonds de mon âme, les coins écornés, les ciels bleus. Il est une couette confortable dans laquelle on se fout pour un spleen, les idées noires, rêver à des mondes plus grands.

Je lui détaille mon corps échoué dans un réel odieux. J'ai perdu ma mère en avance, mon mec a les jambes pliées, c'est injuste, c'est dégueulasse. Il dit : oui c'est vrai, mais personne ne sera épargné, la vie n'est qu'un tas de deuils Cassandre. Je t'ai apporté une plante, tu vas la regarder chaque jour, tu vas observer sa volonté de grandir, sa volonté de puissance, tu verras, où qu'elle soit, cette plante s'adaptera, ira au-delà de son périmètre, elle voudra tout envahir, c'est nietzschéen. Samuel est capable de ranimer des cœurs éteints avec une histoire de plante à la con qu'il me tend en indiquant un nom latin que j'oublie aussitôt; il me donne un élan minuscule, une lumière dans ma nuit. Tout ça en mangeant les deux barquettes de frites puisque je n'ai plus jamais faim.

Je lui annonce que je m'en vais, que je quitte la France pour une petite île espagnole. Samuel arrête de bouffer le chorizo, ses joues deviennent rouges, puis exactement pareil qu'un bébé ses yeux se chargent d'eau. Je me mets à chialer aussi et nous voilà trempés, au bord de la terrasse du bar, à nous dire au revoir comme au théâtre, comme on peut. Il dit: tu es la seule personne hormis mes parents et mes chiens – et encore pas tous – qui s'est vraiment intéressée à moi. Cette précision canine transforme la nature de nos pleurs. La peine devient un fou rire exagéré qui nous tord le bide.

Puis, je lui balance l'histoire du voyant que je traîne en moi depuis des siècles. La date de l'effondrement du monde relance instantanément l'hilarité. Samuel m'explique : Marrant ne voit pas l'avenir, il invente une dramaturgie. Il te propulse dans la fiction, un récit de la catastrophe qu'il t'a fourré dans le crâne. C'est un piège. Une fable. À tous les coups, ton Jacques est un acteur raté. La vie est une suite inexorable de pertes. Les hasards malheureux n'ont pas de calendrier ni d'intention. Ils viennent, un jour ou l'autre, fracasser l'existence.

Pris au jeu, on se met à lister tout ce que l'on perd, sa virginité, les eaux, ses dents, son temps, ses cheveux, la raison, la face, la mémoire, du poids, son chemin, confiance, ses clés, connaissance, courage, l'argent, patience, l'espoir, et c'est sans fin.

Samuel va me manquer. Je ne sais pas quand je rentrerai, si même je reviendrai un jour, et je ne veux pas laisser ce garçon sans une preuve tangible de mon amitié. Je fouille l'intérieur de mon sac à la recherche de ce que j'ai de plus cher : l'Opinel de mon grand-père. J'offre à Samuel mon enfance.

Santiago Pons n'en mène pas large depuis l'accident. Ça fait deux mois que Camille souffre dans un lit du centre de rééducation hors de prix que Pons paye. Il y a une légère amélioration, des fourmillements le long de ses jambes. Camille ne sourit plus. Seule sa beauté insensée est réapparue entière, lui donnant accès à du café chaud, des compliments spontanés et des somnifères – l'équipe de soignants est au taquet. La beauté est un miracle, même au centre de la douleur.

La culpabilité obsède Pons. Il dort trois heures par nuit. Il repasse la scène en boucle, le coup de fil passé à Camille le matin de la tempête, l'ordre donné en dépit du bon sens – il n'a jamais été rigide, jamais, pourquoi cet excès d'autoritarisme, ça ne lui ressemble pas ! Assis sur le banc devant la chambre 46, les mains jointes à l'intérieur des cuisses, Santiago promet qu'il fera tout ce qu'il peut pour aider ce garçon qu'il aime comme son fils. Je me contrefous de ses remords, j'aimerais lui répondre chacun sa merde en même temps que la triste vérité : vous croyez être généreux Pons, pourtant vous êtes comme tous les gens pleins aux as, rongé par la peur qu'on profite de votre fric et consumé par la solitude. Mais je me tais.

L'infirmière sort de la chambre alors je m'en vais dans les bras amaigris de Camille. Je m'allonge près de lui. J'embrasse son cou, ses yeux, ses mains. Il ressemble à un enfant puni. On parle peu comme d'habitude ici, pris dans un étau blanc – murs, draps, rideaux, blouse. Sur la petite table, un bouquet de fleurs est posé, blanc lui aussi. La blondeur de Camille explose sur l'oreiller, c'est un tournesol dans la neige.

Pons interrompt le silence – l'avion décolle dimanche à midi, j'ai embauché sur place Alvar pour ta rééducation, c'est un très bon kinésithérapeute, je te jure devant Dieu qu'on va te remettre debout mon garçon, je te le jure. Comme si Dieu écoutait Pons ! Il est des phrases qui n'arrivent à convaincre personne à part elles-mêmes. Camille hoche la tête, le regard perdu dans tout le blanc. Il ne montre aucune rancœur envers Santiago quand je voudrais lui arracher les yeux et sa moustache de patriarche.

J'observe le visage délavé de Camille, c'est un masque étanche. Au-dessous, j'imagine les cris, l'angoisse et la rage compressées. Il ressemble à une nature morte, un bouquet de fleurs peint par un type au bord des larmes. Les catastrophes fabriquent des paysages bouleversés ; mon mec est méconnaissable. *Défiguré. Défiguré.* Camille a perdu bien plus que ses jambes, il a perdu sa place au monde, ses chevaux, l'élan. J'ai beau me répéter que la voyance n'est qu'une fiction, le doute engraisse ma peur. Si Marrant a vu, la Terre va mourir, et mon avenir : des ruines. Je deviens Paco Rabanne, folle.

J'ai vingt-six ans, la plage est un oubli. La forêt mange une partie du sable. Trois mois que l'on habite à Minorque dans la *finca* de Pons et une nature qui existe avant les hommes. Je pousse Camille dans son fauteuil qui roule sur un chemin entre les dunes. L'air se parfume des orchidées sauvages, des bosquets de romarin et de la Méditerranée. Je cueille au bord du sentier des asperges, et la camomille pour les tisanes. Je respire le vent chaud. La terre, le ciel, l'eau nous réparent à notre insu. Les figues que l'on glane, les oranges pleines de jus du jardin, les tomates et les cochons échoués dans le soleil, le poisson grillé et les vaches, paisibles et grosses, mettent la peine en repos.

Il y a dans cette île une puissance vitale qui pénètre les choses et les gens. J'ai des conversations imaginaires avec ma mère, elle est vêtue d'une jupe libre et n'a jamais été aussi blonde. Je lui demande de ne pas me quitter tout à fait. Je me sens reliée à elle par un fil invisible, quelque chose proche du cristal : l'image de son cadavre sous le camion disparaît.

Les grandes roues du fauteuil s'embourbent dans le sable. J'aide Camille à descendre de sa monture. Son corps coupé en deux s'habille de la plage qui brûle. Il rampe dans les vagues minuscules qui guérissent sa fatigue. J'enlève ma robe et le rejoins. Camille se tourne sur le dos et ses jambes n'existent plus : tout flotte. La peau nue, j'enlace son torse, ses mains sont accrochées à mon cou. J'embrasse ses lèvres marines et les deuils glissent au fond des mers. Je lui dis que je ne le quitterai jamais.

Pour la première fois, je vois sur sa beauté couler des larmes, des années de larmes en attente, retenues par une fierté idiote, une virilité démodée. Camille réclame son père, ses jambes, ses chevaux, et c'est comme si la rouille accumulée sur lui partait, que Camille était Camille enfin.

C'est lui maintenant qui m'embrasse. Son baiser est un feu sous le soleil de juin. Il me dit : c'est ici que ça commence, je veux tout avec toi. Nos vulnérabilités mêlées sont des boucliers. Les catastrophes et les accidents ont propulsé notre amour à son acmé. Il n'y a plus que ça à faire : s'aimer. Sans le chauffeur qui a écrasé ma mère, sans Tornado piétinant le corps de Camille, où serions-nous ? Il y a tant de façons de perdre, tant de façons d'exister. Je sais pourtant que lui à ma place et moi à la sienne, si les drames avaient été inversés, il m'aurait laissée comme une merde, seule et assise à jamais. Je le sais, mais je m'en fous.

Camille boit un peu la tasse puis me prédit pareil à un fou l'avenir, marcher, monter à cheval, avoir un enfant. Un enfant. La discussion avec Samuel agit tel un antidote intellectuel. Ne pas croire au malheur, aux prédictions débiles, n'avoir foi qu'en la vie, l'amour.

Camille résiste au mauvais sort et à sa colonne boiteuse. Je suis ses acharnements et ses défaites. Je regarde Alvar, le kiné qui torture et masse son corps des heures. Transforme sa fragilité en muscles. Le tire du lit chaque matin. Le prend dans ses bras solides. L'engueule – bouge-toi *puta madre*. Entraîne son cerveau à ne jamais abandonner ses objectifs. Lui parle de ses jambes. Lui parle comme un frère en débitant des haïkus à la con.

Et les yeux fermés
Regarde la montagne
Gravis-la *cabrón* !

Sur la terrasse et une table en bois longue, il y a toujours de grands verres ronds remplis de gin, d'un cube de glace et d'une écorce de citron. On attend la nuit dans la chaleur qui reste. Tout le monde, sauf moi, a pris la peau brune. Mes taches de rousseur ont explosé sur mon visage et mes bras. Le ciel est rose, puis rouge et sombre, enfin noir. Alvar reste dîner. À table, il dit : Camille marchera bientôt.

L'automne qui vient
Tu t'élanceras ami
Grand petit guépard

Camille attrape ma main sous la nappe et la serre, le silence se charge d'un espoir violent. Alvar quitte la terrasse, mimant une révérence bancale. Visiblement torché, il monte dans sa vieille Jeep qui vomit une fumée puante.

Pons chante des airs joyeux. Sa voix a retrouvé la route de son pays. À Paris, elle semblait rogue. Après les repas, je fume des cigarettes seule avec lui. Il me raconte des histoires et des étoiles. Il me fait penser à mon grand-père, toujours à vouloir croire à l'univers, aux planètes et en Dieu. Je regrette les mots de mégère qui m'ont traversée. Ce soir, Pons m'avoue qu'il a aimé follement une femme et qu'elle n'en a jamais rien su. Longtemps il a gardé cette boule au fond du ventre. La fille était mariée, point final. Oui, il eut des aventures après mais elles ne furent jamais à la hauteur de son amour pour Maria, la boule perdue au fond de son ventre. Un silence s'épuise dans la mer, Pons me dit qu'il est heureux de nous avoir, que ça le remplit.

On ressemble à une famille bizarre, soudée par les drames. Dans cette île rouge, je suis calme, les yeux tombés dans la douceur. Mes rêves deviennent clairs, pastel. J'ai vingt-six ans, la vie devant. Que peut-il m'arriver ici ?

L'automne, c'était hier, et Camille ne marche pas. Les haïkus d'Alvar sont des poèmes de soûlard. Camille comptait les semaines, croyant les mots de son ami prophétiques et qu'il se lèverait par miracle le premier jour de l'arrière-saison, que ses jambes bondiraient – grand petit guépard –, et qu'il sentirait tout : ses pieds brûler sur le sable, son corps en entier dans la mer.

Je calme ses angoisses. J'ai foi en cette île miraculeuse, je sais qu'elle nous protège : les désastres du monde s'arrêtent à ses rives.

Les fêtes patronales se terminent. Septembre égale jours de beuverie collective. Pons veut montrer à Camille le *jaleo* – ça veut dire « tumulte ». Ce mot m'a toujours fait peur, comme une mer qui se soulève. Santiago nous embarque dans sa berline pourrie – rayures, bosses, poussière – à travers les chemins terreux et étroits de Minorque. De chaque côté, la vieille bagnole frôle les murets en pierre, et Santiago conduit très mal. Il déblatère sans avoir l'air de s'inquiéter pour la carrosserie. Ici, même les plus riches ne possèdent pas de belles voitures. C'est à se demander s'il n'y a pas un concours à l'envers, à celui qui aura la plus destroy, polluante et crade.

Pons se gare loin du centre-ville, tout est bouclé pour les fêtes. Des fanions colorés décorent les lampadaires et les fenêtres. Pons pousse Camille dans les rues ocre de Mahón, à l'ombre des toiles de bateaux accrochées d'un arbre à l'autre. Des petits stands pullulent de sandwichs fourrés à la saucisse locale, et de *pomada* – gin et jus de citron.

Le fauteuil roulant est maintenant piégé dans une cohue ivre, il est quinze heures. Les yeux de Camille ne voient plus le ciel ni rien mais un tas de culs. Il respire mal. Je sens qu'il voudrait hurler, se lever et cogner dans n'importe quoi. Heureusement, Santiago offre plusieurs tournées de *pomada*. Je hais la foule et ce genre de fiestas qui appellent l'exutoire : autant être bourré.

Les orchestres se mettent à jouer une musique forte et répétitive, j'entends des rires tonitruants, des *cabrón* au bout des phrases, ça gueule, les bruits se mélangent, et la chaleur m'écrase. Pons salue de vieilles connaissances, c'est-à-dire à peu près tout le monde. Puis il se met à crier qu'ils sont là, qu'ils arrivent ! Une centaine de chevaux noirs attendent à la pointe de la ville. Ils dessinent un cortège impatient et sombre.

Santiago attrape le fauteuil de Camille et se fraye un chemin au milieu de la place de l'église. Je suis coincée dans une masse hystérique à la merci de sa ferveur. Les musiciens entament un nouveau morceau qui ressemble au premier. Un boucan se soulève de la fourmilière. Un étalon fend l'agora qui s'ouvre en deux, et l'animal se cabre, ses sabots fous au-dessus des têtes. Il danse sur ses postérieurs, retenu par des dizaines de mains collées à son ventre : c'est ça le *jaleo*, le tumulte, une transe entre le cheval, un cavalier et la foule en liesse.

Un deuxième étalon s'élance dans le tas, il fait pareil que l'autre, les pattes en l'air, et cetera. Je me demande combien de temps ce cirque va durer, mettons qu'il y ait cent dix bêtes, ça ferait cent dix fois trois minutes environ, c'est-à-dire presque six heures en tout : j'ai besoin d'un jerricane de *pomada*.

Je m'approche de Camille et mon cœur retourne sa veste. Depuis les bas-fonds et son corps débile il regarde les hommes monter leurs chevaux. J'agrippe les poignées de la chaise, sans réfléchir je fais comme l'étalon, j'ouvre la foule. Nous voilà face au cheval qui nous toise et attend. Il frappe le pavé d'un sabot, on dirait qu'il se marre avec ses dents. Je lance le fauteuil dans les pattes de la bête, et la bête se cabre. Elle exécute sa danse devant Camille qui l'imite avec les roues de sa monture : c'est un tango que la foule applaudit et chante d'une seule voix. Elle chante un air mélancolique. Ça dure une minute, Camille et le cheval, Camille contre les cuisses du cheval, les naseaux du cheval dans les cheveux de Camille, le chant du monde, l'ivresse.

Depuis le tumulte, Camille est dans l'île une mascotte. Les cavaliers du *jaleo* ont donné à Pons une jument noire, douce et petite. Camille s'est hissé à l'aide d'une corde à nœuds et a posé son cul sur le dos de Zambia. Alvar a calé ses bottes dans les étriers, Camille a trouvé l'équilibre. Il a marché.

Attaché à la crinière du cheval, il a fait le tour du champ. Le lendemain, il est parti sur un chemin qui longe la mer. Il est rentré une heure plus tard. Les semaines suivantes, il a passé des après-midi entiers sur Zambia, en pleine nature ou dans l'eau. Heureux.

Il n'est pas tombé.

Je regarde grandir la plante de Samuel devant la maison. En quelques mois, elle est devenue un Napoléon qui brûle de conquêtes : elle a colonisé le muret en pierre. Elle ne partage rien, envahit tout.

Le soleil m'enveloppe. Une joie simple occupe mes heures. J'ai remisé l'angoisse au fond de ma tête. Je ne lis pas les journaux. Il n'y a pas de télévision. J'observe le ciel, les arbres, l'eau. Leurs couleurs mouvantes. Je ne sais rien du monde. Des déceptions du monde. Je suis en dehors. À côté de la plaque. Déconnectée des gens, des liens funestes qui les abîment et les broient. Je veille à ce que la violence ne me pénètre pas. Je me tiens loin des tragédies courantes, et le réel s'évanouit. Ma vie se réduit à un territoire minuscule dans lequel je m'enferme avec Camille, Santiago et la beauté d'une île. Ici, rien ne peut m'arriver, je répète la phrase chaque soir comme un mantra, rien ne peut m'arriver, aucun danger, aucun chagrin, et je plonge dans la lumière qui tangue du bleu à la nuit.

J'ai vingt-sept ans, je trouve un cafard grand comme un pied d'enfant, sur le dos, donc mort, dans ma chaussure. Je pousse un cri profond.

J'ai vingt-huit ans et Pelusa, la chatte des voisins, a eu une portée de six. Il est décidé de sauver deux chatons. Les autres, étouffés dans un sac puis claqués contre une pierre. Je propose d'opérer Pelusa pour que la tuerie cesse. Ça m'occupera, je m'emmerde léger depuis que Camille est un centaure.

Dans l'une des dépendances de Pons, je transforme un débarras en salle d'opération puis j'appelle Samuel. Il est vétérinaire à Toulouse et a beaucoup maigri, il a carrément des muscles. Il vient de rencontrer une fille, Amélie, blonde, gros seins et tout. Je parle de sa plante qui devient une petite jungle. Nous restons des heures ensemble à raconter l'essentiel et des conneries. Avant de raccrocher, je lui demande de m'expédier le matériel de suture, les antibiotiques et la morphine, les seringues, gants, masques, blouses et sur-chaussures. Il trouve mon projet de véto clandestin : génial !

Je nettoie la pièce à fond et j'ôte les deux ovaires de Pelusa en vingt minutes. Les voisins, contents du résultat, en parlent à leurs voisins qui en parlent à leurs voisins et ainsi de suite. Il faut s'organiser tant il y a de chats dans l'île. Pons fait la secrétaire. Nous avons fixé les prix, raisonnables, et devant la « clinique » mes clients déposent souvent des cageots de légumes, des œufs ou des figues. Des citrons énormes.

Entre deux opérations, je disparais dans une crique minuscule. Au creux d'une avancée rocheuse, l'eau est un lagon. Il n'y a personne ou quelques mouettes bruyantes. Je m'en vais au large et je parle à mes morts. J'ai l'impression qu'un monstre patiente au fond de la mer, un Léviathan prêt à détruire le monde et me dévorer ; la peur n'arrive jamais à se noyer.

J'ai vingt-neuf ans et je vis éblouie, presque religieuse d'une terre. Je ne me baigne plus. Les méduses ont tout envahi. Elles sont petites, très urticantes. Sur le sable, elles s'échouent par milliers. La plage est un banc de gelée claquée.

J'ai trente ans, la « clinique » tourne bien. Après les chats, je suis passée aux chiens, moins nombreux. Après les chiens, ce furent les chevaux, les ânes, les vaches, les porcs, n'importe quelle bête malade, à accoucher, à châtrer. En deux années d'exercice, pas une infection. Pas d'erreur. Aucun décès à déclarer. Et puis un jour, un type, un lion.

Le type c'est Livio : la cinquantaine, cheveux longs et pleins de nœuds, posés sur une grosse tête vissée dans un cou étrangement fin, lui-même planté dans un torse baraqué, finissant par un cul plat et des jambes arquées. Les yeux sont bleu délavé, si bien qu'à l'intérieur il n'y a pas grand-chose à quoi s'accrocher. Ce n'est pas qu'ils sont vides, ils sont sans tain. Je pressens derrière eux des affaires louches et des emmerdes. Livio parle vite et fort avec un accent niçois prononcé. Il a frappé à la porte de la clinique, on aurait dit qu'il haranguait d'un dialecte connu de lui seul. Il m'a demandé de l'accompagner sur un bateau amarré au large et de ne pas poser de questions.

Il a mis un doigt sur sa bouche puis a sorti de son short hawaïen une liasse de billets – si je refusais de le suivre, un lion allait crever. Le roi des animaux il a dit, ce serait dommage, ajoutant à son sarcasme un clin d'œil.

J'ai dit oui alors que ma raison hurlait le contraire. En suivant ce type orange, je me dirigeais du mauvais côté, vers tout ce que je fuyais depuis mon arrivée ici : la violence, la saloperie humaine. Que foutait un fauve en pleine mer ?

Livio démarre le 4 x 4, il fonce. Pendant le trajet jusqu'au port, nos cheveux plein vent, il joue les guides touristiques – restos, criques, randos. À mes questions banales, il répond dans le vague. Il n'habite nulle part, travaille dans le commerce, pas de femme fixe, pas d'enfants ou alors il est pas au courant – ce qui déclenche un rire de plouc. Je mate sa chemise en lin blanc, très ouverte, zéro poil, avec une petite nausée. Je me demande si le gars s'épile ou si ce glabre est naturel. Tout cela tranche avec sa peau fripée couleur daim : trop de soleil depuis trop d'années. Je reste les mains accrochées à ma valise de soin, à la place du mort, bringuebalant au gré de la conduite sportive de Livio.

Le soleil meurt dans une mer d'huile. À bord du zodiac, Livio met la gomme. Mon cœur se dérègle – je flippe ma race. Après trente minutes de navigation, c'est la nuit et je marche sur le sol collant d'un cargo. À l'intérieur d'une pièce éclairée par une lampe jaune, des hommes boivent et discutent dans une langue que je ne connais pas. Ils sont une dizaine. Une odeur violente de fuel et de cigarettes me prend la gorge ; j'ai envie de dégueuler.

Livio m'indique un escalier en colimaçon qui mène à la cale. Le hangar est immense. Des néons envoient des halos froids. Ça pue incroyablement. L'essence, la fiente, des trucs indéterminés. Le léger ballottement du bateau, en plus du reste, a raison de mon estomac qui se vide dans un coin, près des caisses. C'est par là, précise Livio qui ne commente pas mon renvoi et continue sa marche arquée vers le fond du bateau.

Et puis je le vois. Étalé dans une cage nauséabonde. Son corps puissant réduit à rien. Un lion presque mort. Je demande depuis quand dure la léthargie. Deux jours. Il y a eu des vomissements et des fèces pâteuses, rien n'a été nettoyé. J'ai envie de tuer Livio qui allume une cigarette, ou de plonger sa tête dans la merde du fauve. Je me souviens de mes cours de véto sur le monde sauvage. C'est une parvovirose féline – une gastro quoi, ça peut le tuer. Pas de traitement, simple prophylaxie, si pas d'amélioration d'ici cinq jours, il est condamné, faut juste contrer les effets de la déshydratation, tout désinfecter, y a d'autres animaux ? Livio, dans le sombre de la cale, ouvre des caisses remplies de serpents, de tortues, de scorpions, il semble fier de son butin. Je remarque aussi, dans un grand sac, un tas de cornes de rhinocéros. Je préconise une quarantaine. Livio se marre, écrase sa clope et remonte sur le pont sans lâcher un mot, me laissant seule face au lion qui meurt.

Après les soins, on repart en zodiac sur une mer toujours lisse. La lune est pleine. Je me dégoûte, les doigts dans ma poche et glissant sur les billets sales.

Le lendemain après-midi, je retourne dans la puanteur de la cale. Le fauve ne va pas mieux. Je regarde sa gueule lasse et ses yeux perdus. Je lui parle doucement, lui conseille de clore ses paupières et de se laisser mourir. Sa langue épaisse pend d'un côté, c'est un spectacle déchirant : la sauvagerie démolie.

Trois jours plus tard, la bête ne m'a pas écoutée, elle a repris des forces pour vivre l'enfer son avenir. Livio doit livrer la marchandise au client qui s'impatiente, le bateau repart ce soir. Sur le ponton, plein soleil, il pose une main sur mon épaule et dit avec son accent qui chante : beau boulot, hé, Cassandre ! Je retire ses doigts bronzés de ma peau et lâche : pauvre type. Ça le fait sourire. Allez, j'te ramène. J'ai l'impression d'être dans le mauvais camp d'une guerre, un collabo. Avant de quitter les lieux, j'entends les cris d'un oiseau. Dans une pièce, au fond d'une cage, un perroquet gris d'Afrique piaille en s'arrachant les plumes. Il a une queue rouge magnifique. Je me mets à pleurer devant l'animal dont les yeux bougent en bas en haut. Des larmes qui n'en finissent pas. Depuis quand je n'ai pas vu mon père ?

Je reste sur le pont, fouettée par le vent et les embruns. La mer est ridée, presque laide. Je demande à Livio de me trouver le perroquet le plus rare du monde, peu importe le temps que ça prendra, peu importe le prix.

J'ai trente-deux ans, je me réveille en sursaut, une odeur de brûlé zigzague dans la chambre, et Camille dort. Je tire les rideaux opaques, contourne la maison en pierres. Sur la petite colline au loin : un feu. J'emprunte le chemin qui longe l'île, je marche entre les graminées vers l'incendie. Le maquis crame devant mes yeux endormis. Les cendres dans la nuit planent au-dessus d'une mer bruyante. J'entends les vagues qui se fracassent et le vent. Au pied des flammes, la falaise est noire. Je m'arrête pour assister au ravage. La catastrophe est un spectacle magnétique – tsunami, tornade, accident de la route, champignon atomique, les hommes s'en délectent.

Deux jours plus tard, un type de soixante-dix-huit ans est arrêté. Il déclare aux policiers qu'il avait tant de solitude en lui qu'il voulut, au moins, le malheur des plantes. Les gens tristes ont besoin de chaos. Si on mettait les tristesses bout à bout, les flammes détruiraient le monde. Un jour tout prendra feu, les arbres et ma vie.

J'ai trente-trois ans, je vais voir mon père. Je dors dans sa caravane où les photos de ma mère ont passé. L'intérieur est propre, fonctionnel, il y a un linoléum beige et un mini-frigo. On mange des œufs durs et des pâtes, des yaourts en dessert. Je crois en un rapprochement père-fille, mais les perroquets c'est du plein-temps – sept jours sur sept vingt-quatre heures sur vingt-quatre y a pas de vacances y a pas de week-ends ma chérie.

Il me fait visiter son élevage comme un directeur de musée, parlant avec une crânerie que je ne lui connaissais pas. Il me présente Coquette et Pipo, un couple de cacatoès de Goffin, très petits et tout blancs. À chaque fois que l'on passe devant une cage, les perroquets gueulent papa. Papa papa papa papa. Le son qui sort de leur bec est insupportable. Je me rends compte que j'envie des volatiles qui vivent dans des boîtes. Une jalousie ridicule m'enferme dans une pensée rémanente : prendre un fusil, une batte de base-ball, n'importe quoi, et buter ces piafs qui me volent l'amour de mon père.

Sur le chemin du retour, je rêve des *Oiseaux* d'Hitchcock. Dans le rôle de la blonde, mon père, dans celui des corbeaux et des mouettes, ses putains de perroquets. À la fin, il ne reste pas grand-chose du visage de papa papa papa.

J'ai trente-cinq ans, je suis enceinte. Je l'annonce à Camille un matin sans soleil. Un sourire dérègle son visage. Je ne reconnais pas ses traits. L'ensemble est dévoré par une joie qui a l'air de la peur. Il m'entoure de ses bras. Pose son front contre le mien. Quitte le lit et s'en va sur le dos de Zambia. Il revient cinq heures après, épuisé, la tête remplie de deuils et d'avenir.

De mon côté, je pleure avec un fœtus dans le ventre. Je déverse sur les draps des larmes inquiètes. Je suis à la fois un horizon et un clapier. Quelque chose meurt en moi pendant qu'un être devient. Je ne serai plus jamais une enfant, la vie qui loge en bas me retire ma couronne. Je laisse à ce fœtus toute la place. J'ai tant besoin de ma mère. Des mots, des mains de ma mère.

Je prie les dieux pour que le bébé soit une fille. Si c'est une fille, la cinquième prédiction ne se réalisera pas, et tout ira bien.

C'est un garçon. Je ne peux m'empêcher de pleurer devant l'échographie du fœtus qui s'agite à l'intérieur de moi, son destin comme scellé par la dernière et cinquième prophétie.

Tu auras un fils, mais un jour tu le perdras.

Je l'emmènerai à la pêche, je lui montrerai les étoiles et la beauté du ciel – voilà les phrases bienheureuses que Pons jette entre le fromage et son verre de vin. Pourquoi la pêche et l'univers appartiennent aux grands-pères, cette étrange chasse gardée. Toute la journée Santiago chantonne des airs anciens. Il semble rajeuni et a rasé sa moustache pendant que je perds mon souffle et passe des nuits blanches. Je hais la grossesse qui m'envoie de l'acide dans la gorge, de l'eau dans les jambes, de la terreur partout.

Alvar ne vient plus qu'une fois par semaine pour un massage tonique et des haïkus débiles. Camille sait qu'il ne remarchera jamais. Je le sens claquemuré dans l'angoisse : comment font les pères qui n'ont plus leurs jambes pour jouer au ballon avec leur fils, que font-ils de la honte dans leurs yeux. Je lui dis que chaque enfant maudit ses parents un jour ou l'autre, infirme ou pas. Je le persuade qu'il a trouvé sur le dos de Zambia un équilibre et qu'il aura tous les courages.

Un matin, je remarque sur le mur de la chambre une tache, grande comme un ongle. Je tente de la faire partir avec du savon, puis à l'eau de Javel. Je frotte quelques minutes. Je frotte une heure, en vain. Je m'approche : la tache ressemble à un œil.

Il pleut depuis trois semaines, une pluie continue et froide, personne n'a jamais vu ça ici, autant de flotte qui dure. Il y a de la boue et de la fièvre dans les maisons humides. Certaines sont chauffées au bois grâce à des poêles, les autres restent moites et gelées. Pons est alité. Cinq jours qu'il tousse et vomit. Je lui prépare des bouillons qu'il boit du bout des lèvres. Le visage creusé, il ressemble à un vieux lévrier.

Mon ventre est immense et lourd, les jambes des poteaux. Je n'arrive plus à respirer correctement, mon œsophage pressé contre les organes voisins.

Dans la chambre à coucher, la tache a grossi. C'est un rond net, un trou noir. Je gratte le mur avec mes ongles puis avec un couteau de cuisine pour essayer de faire disparaître *ça*. Je regarde mes ongles, ils sont sales. Tous mes efforts n'ont aucun effet sur le nævus. Je reste assise, idiote, près de cette tache qui torture mes pensées, les deux mains plaquées contre mon ventre qui bouge sous les coups de l'enfant. J'ai peur du malheur qui vient. En me relevant, je manque de glisser sur un petit crapaud mort, à côté du lit.

Dans la nuit je perds les eaux et c'est sans fin; les contractions douloureuses arrivent. Dehors, la pluie s'est chargée d'une tempête. Des rafales emportent les arbres. Une tornade est apparue dans la mer, formant un tuba entre le ciel et les flots. Des poissons ont-ils été aspirés et crachés ailleurs ? Tout ce foin ressemble à la colère d'un dieu local visiblement susceptible. Je marche dans la chambre de long en large. Mon ventre tord le reste de mon corps, l'immobilise. Pons refuse de me conduire à l'hôpital, traumatisé par les orages les éclairs le tonnerre: il ne prendra aucun risque. Je n'ai pas la force d'argumenter sa connerie, je vais m'injecter de la morphine réservée à la chirurgie des clébards; une sage-femme est appelée en urgence.

Elle est vieille, le corps musclé, le visage épargné par les rides. Tout y est lisse et rassurant. Les joues roses, le sourire immédiat. Les cheveux courts et blancs. Elle s'appelle Soledad et je m'effondre dans ses bras. Elle éteint les lumières vives, allume quelques bougies. Elle fait couler un bain brûlant dans lequel je tremble. Elle m'explique les prochaines heures en détail, ce que je dois faire : inspirer, expirer calmement, me rendre en pensée sur une plage sauvage où le soleil me réchauffe, sentir la fin de la mer à mes pieds. Elle suggère une brise, du sable entre mes doigts. Elle me parle d'une voix qui berce. La douleur est là mais confinée dans un coin isolé de mon cerveau. Je ne pense qu'à cette plage sous un soleil parfait. Je resterai allongée sur cette plage un siècle s'il le faut. Je ne me préoccupe pas de la main de Soledad qui me fouille et vérifie l'ouverture du col, ni de cet enfant qui glisse à l'intérieur de moi. Je suis pour toujours sur la plage sous le soleil parfait.

Cinq heures plus tard, ma carcasse traîne dans un supplice antique, type écartèlement. La voix de Soledad se montre plus rapide, intense. Elle donne des ordres que j'exécute. Je pousse quand elle le demande. Je pousse et la douleur n'en finit pas, elle suit un chemin, descend jusque dans mes orteils. Je pousse et je crie et je hurle au milieu de la chambre. Le monde n'existe plus, il se résume à mon sexe qui s'ouvre. Je pousse et je vomis. Je ne pousse plus, je veux que tout s'arrête, tant pis. Je pousse et je pense à la tache sur le mur. Je pousse et je pense à Jacques Marrant. Je pousse et je pense à ma mère. Je pousse et rien n'arrive. Je pousse à tout déchirer. J'appuie avec mes mains sur mon ventre. Je me connecte à mon fils, je lui demande d'être un serpent, de sortir du noir. Je n'entends plus la voix de Soledad, je pousse plus fort plusieurs fois et un cri craque entre mes jambes : un enfant est posé sur mes seins. Il a une peau pâle et soyeuse, une drôle de grâce. Je n'ai plus rien dans la tête que des idées blanches. Si je me mettais à réfléchir, je voudrais sûrement mourir.

Je découvre un visage de boxeur, des mains araignées. Un être ouvre les yeux sur mon ventre vide. Des yeux longs, inquiets. Je les regarde, ils contiennent quelque chose de l'immensité.

Camille entre dans la chambre, blême. Derrière la porte et mes cris, il a perdu le contrôle de son corps. Il a transpiré des litres et des heures, s'est évanoui. Soledad loge le bébé entre ses bras. Le père baptise l'enfant de larmes, lui parle doucement, sourit, connaît déjà tous les gestes.

L'être que l'on vient d'arracher au néant scrute on ne sait quoi avec ses yeux aveugles. Les nouveau-nés ont-ils accès au monde des morts ? Je sens dans la pièce la présence de ma mère. Un parfum presque oublié me frôle, l'odeur poivrée de son cou.

C'est au tour de Santiago de tenir son petit-fils, de lui parler en chantant et de nous faire rire avec ses grandes phrases et sa joie – *mi querido ! mi querido !*

Soledad retire le placenta, passe un gant frais sur mon front, s'en va. Cette femme qui s'appelle Solitude fut un phare dans ma douleur.

Gabriel s'endort dans le petit berceau blanc. Dehors, la tempête s'est tue mais partout on entend les crapauds, le coassement insensé de milliers de batraciens sortis des mares avec les pluies. Pour la plupart, ils vont mourir, séchés par le retour du soleil.

6

Les avions

Dans tous les aéroports du monde, des avions ont décollé aujourd'hui, trimballant des centaines de milliers de passagers d'une ville à l'autre, de pays en pays, traversant des monts enneigés ou des mers chaudes, des pâturages et des déserts, des forêts, filant au-dessus des nuages, des tempêtes et des ciels bleus, sous un large soleil ou la nuit. Dans les avions aujourd'hui, des gens tirent le volet des hublots et dorment assis et mal. D'autres commandent des mignonnettes de vin, un café mauvais, du whisky. Certains regardent un film, lisent en diagonale les pages glacées d'un magazine de voyage, travaillent une présentation quelconque, draguent la personne à côté. Certains se plaignent qu'ils ont froid ou trop chaud, d'autres se shootent aux anxiolytiques, crispés à leur siège dans une angoisse insondable, ils prient pour ne pas mourir aujourd'hui. Dans les avions, des femmes rejoignent un amour, leur mère, un vieux paysage. Des hommes enterrent un ami ou une vie de garçon, partent en vacances à l'autre bout du globe. Dans les avions, des enfants voyagent pour la première fois et scrutent les villes en bas, minuscules, le nez collé à la fenêtre. Il y a des gens tristes, des gens heureux, des gens célèbres. Il y a des avions sales, des avions neufs, et un destin commun. Aujourd'hui, douze mille avions sont en train de voler dans les ciels du monde et dans deux minutes ils vont tous, en même temps, pour une raison inconnue : plonger.

Les moteurs vont s'éteindre. Puis les lumières à leur tour.

Les pilotes tenteront des manipulations d'urgence.

Et puis, l'effroi.

Au cœur d'un grand silence.

Les avions s'écraseront dans un bruit assourdissant.

Nous vivons au rythme du bébé qui mange toutes les trois heures, chie, dort, et pleure. Je pousse au sommet d'une montagne un rocher qui retombe indéfiniment au même endroit. Nous allons à son allure, un temps cassé, coupé en morceaux. Le bruit de la mer apaise Gabriel. Tous les quatre marchons sur les sentiers pleins d'hiver. On entoure cet enfant d'un amour qui submerge. Un amour qui attendait dans un coin pour jaillir, n'importe comment. Un bébé est un gouffre miraculeux. Il m'arrive de m'échapper de la maison, prise d'un violent besoin de solitude, puis de revenir en courant pour toucher son corps, le manger. Je ne pourrai jamais me débarrasser de ce fardeau précieux. Pour toujours et quoi qu'il arrive, un enfant est sorti de moi. Maintenant, le pire peut advenir.

La tache grandit à côté de mon fils. Ça m'empêche de dormir. On dirait le dessin d'un bébé. Un bébé noir. Brûlé. Je colle mon oreille dessus pour vérifier le silence. J'entends un bruit lointain, métallique, dans le mur. Comme si quelqu'un faisait claquer sa langue contre son palais. Je ne parle pas à Camille ni à Pons de mon affolement, ils ne comprendraient pas. Gabriel habite leur vie, ils n'ont plus peur de rien. Moi c'est l'inverse. La folie me pénètre. Je pense à ma grand-mère qui voyait des machins au fond des murs, qui s'est jetée par la fenêtre.

La maternité me rend malade, elle libère mes paranoïas. Je suis terrorisée à l'idée de perdre mon fils. Qu'un matin, je trouve dans le berceau son petit corps froid.

Je m'assure que la tache ne s'étale pas, j'entre dans une prison mentale. Mon fils se repose dans les bras de Camille ou de Pons. Dans les miens, il ne dort jamais. Il me regarde, intranquille. Gabriel ne connaît rien des souffrances du monde. Il vit entouré de beauté et d'amour. Quand son innocence va-t-elle s'abîmer, s'user contre la violence des autres ? Quelle sera sa vie ? Comment va-t-il mourir ? J'ai tout le temps peur qu'il tombe, qu'il se fasse piquer par un frelon, un scorpion, mordre par un serpent.

La maison est un terrain miné de jouets que Santiago achète par sacs entiers. Il couvre cet enfant de cadeaux et d'attention, comme s'il avait attendu ça toute sa vie, donner son plus grand amour au dernier moment. Je les observe jouer ensemble et mon cœur s'apaise. Il y a de grands rires dans la maison. Gabriel a un rire étrange : un rire d'oiseau.

La tache mange une partie du mur. Elle a pris les traits d'un corbeau. J'entreprends de tout recouvrir avec de la chaux.

Les cris aigus de Gabriel me jettent à la poubelle. Je pourrais, poussée par un instinct mauvais, placer un coussin sur sa tête. Et appuyer. Jusqu'au silence.

Je sors de la chambre. Je laisse Gabriel chialer dans son berceau. Je pars sur les chemins que je connais par cœur. Je m'arrête et m'abandonne à la nature. Je creuse la terre rouge, j'en mange une poignée. Puis j'entre dans l'eau gelée. Je bois une gorgée de mer. Sur la plage vide, la tête balancée en arrière, j'implore les esprits de l'île de me rendre la raison.

Derrière la chaux, le noir a réapparu. Je distingue nettement la tache, elle me donne des vertiges. J'en parle à Pons sur un ton calme. Il inspecte la chose. Il fait venir un plombier qui découvre une vieille canalisation fuyante. J'éclate d'un rire salvateur qui laisse tout le monde perplexe. Je cours dehors respirer l'air iodé. Une joie hystérique fait danser mes jambes sous ma jupe. J'envoie les bras au ciel, j'embrasse la terre. Pendant plusieurs minutes, je remercie l'île de me sauver du malheur, de conjurer le sort.

Gabriel a un an déjà. Le temps, lorsque l'on regarde un enfant grandir, est une montre cassée. Le petit est constamment fourré dans les jambes de Pons qui le balade partout, le cale sur ses épaules – hélicoptère, jetés en l'air, chatouilles au sol. Gabriel ne joue jamais avec moi, pourquoi ?

Camille a assisté aux premiers pas de son fils, des pas d'ivrogne, des pas d'infirme. Il a pleuré. Il était fier et jaloux. Il est parti avec Zambia quelque part, puis il a bu toute la nuit.

J'ai trente-sept ans, Gabriel grandit, je retrouve un semblant de normalité. Mes fantasmes de désastres se calment. J'ai repris l'activité à la clinique. Chats. Chiens. Je me déplace dans les fermes pour les vaches, les cochons, les chevaux. Le reste se passe sur un cargo au large d'un port au fond d'une cale puante avec Livio et ses bêtes sauvages.

Toujours pas d'ara à gorge bleue mais toujours sur le coup, hein, t'inquiète la rousse, tu l'auras ton perroquet ! Livio représente la part maudite de mon humanité. Il me rappelle qu'enfant je faisais souffrir les animaux et que rien n'a vraiment changé. Lorsque ce type bronzé cogne à ma porte, je fais brûler de la sauge dans la maison ; la sauge, paraît-il, chasse les âmes malveillantes.

J'ai trente-huit ans, Gabriel est un petit garçon heureux qui apprend les étoiles. Camille l'emmène pour la première fois sur les sentiers pierreux et le dos de Zambia. Une heure sur le cheval, dans les bras de son père et la lumière vive du printemps.

Camille me parle de son enfant comme une mère que je n'arrive pas à devenir. Je suis toujours à côté, au seuil d'une inquiétude violente.

Un jour, tu perdras ton fils.

Gabriel a cinq ans et les cheveux longs jusqu'aux épaules. Il a pris la blondeur de son père, ses yeux, à peu près tout de sa beauté, rien de moi. Il escalade les rochers, se baigne dans les eaux bleues, court et revient sale. Il fait du bateau avec son grand-père. Il n'a pas peur de la mer et de ce qu'elle cache comme épaves, méduses, monstres.

J'ai trente-neuf ans, Zambia est morte ce matin. Camille perd ses jambes encore et encore. Une partie de ses cheveux est tombée dans la nuit. Il pourrait se laisser mourir de faim. Je le force à s'alimenter. Il ne parle que de Zambia – sa grâce, sa bonté, sa douceur. Jamais il n'a rencontré une bête aussi sensible. Elle était la délicatesse, elle me donnait la main, elle m'empêchait de tomber. Il dit : les chevaux passent leur existence à aider les hommes. Il ajoute : les hommes blessés.

Pons propose d'acheter un chien pour remplacer le canasson, ça jette un froid. Camille reste plusieurs jours dans la chambre, le corps en panne. Il regarde en boucle les vidéos du cheval. Lorsqu'il sort de son trou, sa jeunesse est à l'agonie. La beauté qui illuminait son visage s'est dissoute dans un deuil impossible. J'avais aimé Camille pour l'élégance inouïe de ses traits ; aujourd'hui, je l'aime pour tout le reste.

J'ai quarante ans – trois ans avant la fin du monde.

Ils sont partis tous les trois à la pêche, vers la roche bleue et les grottes et la crique. La mer, au nord, est toujours fiévreuse. Vents légers ou pas, il y a des courants contraires. Ils sont partis tôt ce matin, ils ne sont pas rentrés. Gabriel a six ans, il a appris à ne pas mourir noyé.

Depuis le salon, je guette les bruits de voiture. Je n'entends que les mouettes. À dix-huit heures, toujours personne à la maison, ma tête se transforme en salle d'attente. Je tente de joindre Pons, son téléphone sonne dans la cuisine. J'appelle Camille, répondeur. Je m'assois dehors et je fixe la route comme une vieille femme en colère. À dix-neuf heures, j'avance sur le chemin pour m'accorder plus d'horizon. La main en casquette sur le front, je scrute leur absence : pas de berline pourrie au loin qui déboule. Qu'est-ce qu'ils foutent ! La dernière fois que j'ai compté les heures, pépé est mort au fond de son lit. Mon cœur se déchire à vingt heures. Je n'arrive pas à pleurer tant l'attente me leste de tout, mes jambes, mon intelligence. Je finis par manger une poignée de terre, boire une gorgée de mer, accomplir ma conjuration, pareille à un dévot ou une pauvre dingue. La phrase du voyant me fait vomir.

Un jour tu le perdras.

À vingt et une heures, mes pensées deviennent du compost – invectives, élucubrations, résidus de conscience.

Les minutes qui suivent me paraissent hors du temps, un lieu infâme dans lequel mon fils coule au fond de l'eau, son corps gonflé et planant. Et puis j'entends son rire – maman maman regarde ! Gabriel court dans mes pattes avec un seau rempli de poissons. Je chiale au fond de moi et lui souris en m'extasiant devant le tas d'écailles. La fatigue éteint mon tumulte. Je remercie mon île et je me couche sans manger. Est-ce que toutes les mères sont tarées ?

Alvar nous dit adieu. Il s'installe au Mexique avec Luis qu'il a rencontré un soir dans un bar à touristes. Il ne récite plus de haïkus, sa vie n'a besoin que de Luis, ce garçon qui arrache au vent la liberté et au ciel sa poésie. Il dit qu'il y a tant de grâce dans sa peau, tant de littérature au fond de ses phrases, que même l'amour n'est qu'une punaise devant le chant de Luis – *puta madre* j'le kiffe. On se saoule au gin en écoutant la passion illuminer Alvar. Il nous fait rire avec son incandescence et les injures qui la ponctuent.

À la fin de la nuit, il empoigne Camille et le serre dans ses bras. Lorsqu'il monte cuit et euphorique dans sa vieille Jeep qui crache, quelque chose de notre famille disparaît. Est-ce que tout se délite un jour, la fondation des choses. Je voudrais figer Gabriel dans un présent immuable, l'empailler, qu'il n'ait jamais existé, tant j'ai peur qu'à chaque seconde il disparaisse.

Pons a fait un malaise. Gabriel l'a trouvé étalé sur le tapis. Depuis, ses nuits sont criblées de hurlements.

Camille monte Gracia, une jument blanche et altière. Cinq minutes plus tard, il tombe du cheval, la bouche dans la terre rouge. Pons observe Camille au sol dans sa chaise longue sur la terrasse. Il ne bouge pas puis ferme les yeux, une couverture couvre ses jambes. Santiago a laissé pousser ses cheveux, une barbe sous la moustache. C'est moi qui lui fais sa toilette avec un gant humide que je passe sous ses bras, le cou, le cul. Assis devant la glace, il me regarde intensément, comme un vieil enfant sage. Depuis son malaise, il a l'air absorbé ou distrait, à l'autre bout des émotions. On dirait qu'il ne ressent plus rien. Les chants de Santiago ont abandonné la maison et Pons disparaît dans un pays de silence.

Gabriel est désemparé devant son grand-père qu'il ne reconnaît pas, ce vieillard qui autrefois le prenait sur ses épaules et lui racontait des histoires, les étoiles et la vie. Il me demande où est parti son pépé, où est cachée la joie de son *yayo*. Tous les jours, il lui tire la manche et lui répète : pourquoi t'es comme ça, pourquoi t'es comme ça, puis se sauve dans mes jambes, les yeux révulsés d'incompréhension.

La nuit de sa mort, Pons a eu un sursaut, quelques secondes loin du désert. Et c'est comme s'il remontait des enfers, qu'il savait que le temps serait mince avant de tomber à jamais, qu'il fallait se dépêcher de parler. Alors il a parlé sans point sans virgule, il a parlé d'un jet. Il a dit que Gabriel a été l'amour de sa vie, qu'il a éclairé son existence d'une lumière chaude et que la solitude était morte d'ennui. Il a dit qu'il voulait léguer la maison à son Gabriel adoré – *mi querido, mi querido*. Puis il a dit : vous êtes ma famille, je vous emporte au fond de mon âme. Le silence qui a suivi, je l'ai massacré, poignardé, brûlé. Santiago est mort. Et sa mort a laissé notre famille à la casse. Ce fut un crash, et tout a explosé.

7

Wouaf wouaf

Une vieille dame promène son chien, c'est un petit chien moche avec des pattes courtes et qui sent mauvais. Il s'appelle Pollux et il ressemble à sa propriétaire, comme beaucoup de chiens. Il est habillé d'un vêtement contre la pluie, chaud et ridicule, un genre d'anorak. Pollux habite à Paris, rive gauche, près du parc Montsouris, dans une grande maison face aux arbres hauts. Il a une gamelle à son nom et mange des steaks hachés de chez le boucher. Geneviève, sa maîtresse, reste la plupart du temps assise devant la télévision dans un canapé fatigué. Elle attend que le téléphone sonne, que quelqu'un pense à elle. Mais comme rien ne se passe, Geneviève se venge sur le chien. Elle se venge des autres qui ne viennent plus la voir, qui à cause du temps et de la vie l'abandonnent tranquillement. C'est la solitude et c'est Pollux qui prend, des avoinées ou des coups de chausson dans les fesses. Tout cela est suivi d'étranges caresses et de mots d'amour, t'es un bon chien, oui, bon chien. Dans le parc, Pollux est tenu en laisse. Une laisse en cuir qui lui coupe la gorge. Il tire dessus pour signifier à Geneviève qu'il aimerait courir un peu, renifler le cul d'un copain, mais la vieille le retient, et Pollux couine; la langue pend, lamentable, d'un côté du museau. C'est un samedi soir comme un autre, le chien est couché sur le canapé mou. TF1 diffuse une émission où de vieux chanteurs chantent faux leurs vieux tubes. Il y a aussi des gens du cirque qui exécutent des jongleries avec des balles, et ça plaît beaucoup à Pollux, toutes ces balles en l'air. Geneviève s'est endormie en plein milieu de la fête, un léger ronflement déborde de sa bouche. Dehors, la nuit devient orange et une odeur d'humus, très forte, arrive avec le vent. Elle se répand dans la ville et Geneviève ronfle toujours. Puis, cette odeur de terre commence à être irrespirable et Pollux montre les dents. Il grogne, il aboie. Geneviève se réveille en toussant et Pollux saute sur ses jambes pleines d'os, non pour lui lécher les mains comme il en a l'habitude mais pour lui planter ses crocs dans le cou. Le sang coule de la vieille femme, ce qui excite le chien qui s'acharne et la mord durant des heures. Il ne reste pas grand-chose du visage de Geneviève au petit matin sur le canapé usé. Quant à Pollux, il dort, comme tous les chiens de Paris qui, cette nuit-là, ont dévoré leurs maîtres à cause d'une odeur de terre.

Une cousine éloignée de Pons nous oblige à partir de la *finca*, elle nous donne un mois pour dégager. Elle veut vendre la ferme et les terrains, tout lui revient. Le testament oral de Santiago n'a aucune valeur juridique. Gabriel ne comprend pas pourquoi il doit quitter sa maison. Dans ses yeux, une page se tourne. La mort d'un grand-père arrache une lumière à l'enfance.

Nous remplissons les cartons en regardant les champs et la mer qui s'étale. Le vent sèche nos larmes qui n'ont pas le temps de profiter de leur tristesse. On respire l'air iodé, c'est le parfum d'un ancien amour. Gabriel a des mains mélancoliques, des doigts longs qu'il passe dans sa blondeur. Il est assis sur les genoux de son père, à cet instant leur ressemblance me bouleverse. Ils ont en commun ce regard flou d'une eau dans laquelle on jette des cailloux. Je ne trouve rien à dire qui détruirait la peine. On plonge dans la mer pleine de vagues. Sur le dos des rouleaux, on hurle à se faire péter les cordes vocales. On abandonne la beauté à la hâte, sans y croire. Gabriel et Camille s'en vont demain par avion. Je ferai le trajet en bateau, avec une halte à La Roque-sur-Pernes chez mon père.

Le soleil meurt et la nuit est chaude. Camille prépare les gin tonics dans les grands verres ronds avec le zeste du citron. Notre dernière soirée ensemble ressemble à toutes les autres. Lumineuse. À quatre heures du matin, une douleur me réveille. Diffuse et sourde. Je ne me rendors pas.

Camille et Gabriel sont dans l'avion, et Livio m'a donné rendez-vous près de la poissonnerie sur le port. Il est en retard. Mon cœur est une machine à laver : trop de caféine. J'attends le salaud bronzé en matant un paquebot vomir deux mille touristes en short. Ils ont l'air de grosses fourmis en claquettes. Ceux restés à bord profitent de la patinoire et des simulateurs de surf. Le bateau de croisière pue le fuel jusque dans les hauteurs de la ville.

Livio se pointe par derrière en m'embrassant la joue. Il ne me laisse pas le temps de le repousser qu'il est déjà installé, jambes écartées sur un banc, sourire pointu dans son visage orange. Visiblement content de lui, il fait languir une phrase au milieu de ses dents pour enfin cracher : j'ai trouvé ton putain de perroquet introuvable.

Le piaf en question, je n'en ai plus rien à foutre. Mais bon, je le prends, c'est combien ? Pour toi, six mille, vu les services rendus, je t'apporte le machin à la clinique tout à l'heure. Et Livio se tire avec sa gueule terracotta.

Je marche sur les sentiers rouges. Je récupère la terre que j'entasse dans des sacs, j'enferme la mer à l'intérieur de bouteilles en plastique : je fais des réserves. Je redoute les paysages sales de Paris. J'aurais voulu vieillir dans cet endroit où la solitude n'existe pas, où la nature tient compagnie aux hommes. Je reste assise un long moment devant la plante de Samuel, elle est un empire en son royaume ; je m'endors au soleil.

Un bruit de klaxon atomise ma sieste. Livio gare son 4 x 4 qui écrase une bande de fleurs sauvages. Je récupère dans un tiroir, vaseuse, trois mille balles en cash, gagnées à force de castrer toutes les bêtes de l'île. Il manque trois mille mais Livio va chercher l'oiseau sans réclamer la thune. Je comprends mieux pourquoi il se la ferme, l'animal est dans un sale état : yeux gonflés, diarrhée, sécrétions nasales. Même malade, cet ara est l'une des plus belles choses qu'il m'ait été donné de voir. Je n'ai jamais rencontré de bleu aussi vert. Toutes les couleurs de la bête, explosives, fluos, paraissent inventées. Livio fourre la liasse dans sa poche et remonte dans sa voiture. Il sort son téléphone, prend une photo et m'envoie, en guise d'adieu, un doigt d'honneur qui traîne en longueur.

Pendant trois jours, je soigne le perroquet, hypnotisée par sa beauté. Les regards qu'il m'adresse sont des coups de poing ou des supplications. Il commence à s'arracher les plumes. La honte m'assaille mais s'estompe quand j'imagine la joie de mon père découvrant l'oiseau merveilleux.

La veille du grand départ, je passe l'après-midi à blanchir la clinique : je balance tout aux ordures, dossiers, compresses et matériel chirurgical. C'est *clean*. Je range dans mon sac une dose d'anesthésiant et vingt millilitres de pentobarbital, un euthanasiant ; tous les vétérinaires gardent près d'eux un produit létal, au cas où.

Je gare la vieille bagnole de Pons pleine à craquer dans le cul du paquebot. J'ai endormi l'ara pour qu'il ne gueule pas. Un paréo aux motifs exotiques couvre la cage. Je monte sur le pont parmi la foule et je fais comme tout le monde, je regarde la beauté disparaître. Une mélancolie m'attaque. Les odeurs de figue, le chant de Santiago et ma jeunesse m'échappent. Je quitte une île qui soigna tous mes deuils. Qui vit naître mon fils. Qui me protégea du malheur.

Je touche mon visage, j'ai l'impression que ma peau se remplit de rides à mesure que je m'éloigne des rivages. Tout a passé si vite. J'aperçois mon reflet dans une glace, des cheveux blancs sèment la panique dans ma rousseur. Est-ce que je suis vieille. Maintenant, j'ai peur des crépuscules. Je plonge mes mains dans le petit sac et je porte une poignée de terre à ma bouche. Je la mange. Puis je rince mes dents avec une gorgée de Méditerranée. J'exécute ma petite messe devant une enfant en robe blanche qui me fixe. Elle semble effrayée de me voir mâcher de l'argile. Je lui tire une langue rouge, terreuse, et la gamine chiale.

Mon père est fasciné par la magnificence du perroquet. Il dévisage ses yeux de zèbre, les plumes somptueuses, et l'installe dans une grande cage au milieu de sa colonie. Il l'appelle Carmen, un clin d'œil à Bizet, et voilà qu'il se met à chanter, très mal, l'air d'opéra, *l'amour est un oiseau rebelle que nul ne peut apprivoiser*, et cetera, jusqu'à ce qu'il hurle à mon visage : prends garde à toi !

Merci ma chérie, il répète sans quitter l'animal du regard, oubliant de me prendre dans ses bras. Je traverse l'élevage en me bouchant les oreilles. Les oiseaux n'en finissent pas de gueuler. Ils n'ont décidément au bec qu'un seul mot de vocabulaire : papa. Une toux sèche m'empêche de parler. La gorge bâillonnée, je laisse l'éleveur de perruches à ses enfants qui braillent. J'envoie de loin un adieu d'une main molle.

Assise sur le siège râpé de la vieille bagnole de Pons, tout me semble soudain absurde, ce perroquet, ma vie, le monde. En allumant le contact, je ne sais pas si je reverrai La Roque-sur-Pernes un jour.

Je m'arrête dans un hôtel Ibis au bord de l'autoroute à Mâcon. Je mange un mauvais sandwich crudités poulet au bar et nage une heure dans la piscine extérieure. Un homme est allongé sur un transat inconfortable. Il sirote un cocktail fuchsia dans la rumeur des voitures. Nous échangeons quelques mots, il s'appelle Éric, il est représentant de commerce pour un laboratoire pharmaceutique. Je raconte que je suis mannequin de pieds, que je travaille avec de grandes marques comme Birkenstock ou Havaianas, mais en voyant l'état des machins dans mes tongs, pleins de corne et d'ongles, j'ai honte et change de sujet. Éric termine son cocktail à la paille, ça fait un bruit désagréable, vite remplacé par celui de nos langues l'une sur l'autre. On s'embrasse sans désir sous un ciel fatigué. Ça dure une minute, puis, rien, je m'en vais.

À vingt-deux heures, je glisse mon corps dans les draps rêches du lit. Sur les quatre murs de la chambre s'agite une forme noire, comme une fumée de cigare. Je pense à ma grand-mère qui voyait la mort partout. Je m'endors pleine de cauchemars.

Nous vivons dans le nord de Paris et un appartement au rez-de-chaussée. L'immeuble est plutôt sale, le hall sent le salpêtre. Camille touche des allocations, il s'occupe beaucoup de Gabriel. Je le surprends le soir, accroché à l'écran minuscule de son téléphone, il se concentre sur Zambia, les premiers pas de son fils, la mer. Il regarde son passé comme un film d'enfance inépuisable; son sourire ressemble à des larmes.

Il nous arrive de faire l'amour, les peaux ne désespèrent pas. La nuit, je me blottis dans ses bras. J'ai besoin des bras de Camille pour oublier cet air sombre qui s'étale sur les murs.

Gabriel va à l'école du coin. Il s'habitue à vivre dans le béton et une beauté cruelle. Le maquis et les grands ciels lui manquent. Il ne comprend pas pourquoi des hommes, des femmes, des enfants dorment dehors sur des matelas immondes.

Je trouve un emploi mal payé dans une animalerie sur les quais. Je bosse au milieu des furets, lapins, oiseaux, poissons, chats, clebs, rats. L'odeur, dans les couloirs étroits, est effrayante. Un collègue à la peau grise me raconte les usines à chiots d'Europe de l'Est, les chiens qui arrivent par camion, pas sevrés, que l'on vend pleins de maladies et de névroses, bichons, chihuahuas, tarés si jeunes, arrachés à leurs mères qui pondent à la chaîne et semi-aveugles, plus de dents, membres déformés car restées entre quatre planches sans voir le jour.

Je dépose la voiture de Pons à la casse. L'abandonner dans un cimetière de vieilles tôles plie mon cœur en dix.

Dans le bus du retour, un type me colle une baffe : je n'avance pas assez vite. Bouge, allez bouge ! Je marche au fond, obéissante, je ne réagis pas. Personne ne réagit.

Un garçon erre dans des habits puants. Ses yeux ne lui appartiennent plus. Je regarde ces vies échouées sur les trottoirs que l'on traite comme des objets, des encombrants. Que fait-on des corps des Hommes. Je passe près d'une femme qui boit du vin et vocifère des phrases incompréhensibles. Son visage a déserté le monde, la démence l'a engloutie. Est-ce que les failles qui me traversent vont s'ouvrir, briser toutes les digues. La folie est-elle une dissolution, ou un exil ?

Je tiens fort la main de Gabriel, la rue est une foule instable. Un groupe d'adolescents nous bousculent. Les voitures klaxonnent dans la rue du Faubourg-du-Temple. Les pots d'échappement crachent du dioxyde de carbone. Il y a des boucheries, et les odeurs de viande crue stagnent dans l'atmosphère – les têtes coupées des vaches et les pieds de veau trônent sur les étals. Je traîne Gabriel qui se faufile entre les gens et les stands de chaussures. Ça déborde des bacs, les tongs, les baskets, des choses en plastique, toutes sortes d'objets en plastique, et des tee-shirts, des robes moches sur des cintres sur des portants dehors. Un clochard fait la manche à côté de son chien. Gabriel insiste pour lui donner une pièce. Je fouille mon porte-monnaie et je tends deux euros au SDF. L'homme me sourit puis change de visage, il me répète trois fois que le monde va mourir, que c'est la fin, la fin, la fin. Ses mots sont couverts par les marteaux-piqueurs qui font des trous dans la chaussée, qui font des trous dans ma tête. Je cherche le calme plus loin mais des pétards explosent et des gens gueulent. Une fumée salit le ciel. Un scooter crame. Les CRS, les camions, des sirènes. Une femme boite. Des hommes courent. L'air se remplit de gaz lacrymogène. Je compose le code de l'immeuble, j'entre avec Gabriel, mes poumons brûlent. Je me précipite dans la chambre, sors mes sacs de terre, bouffe. Il ne reste presque rien et mes bouteilles sont vides.

Je reçois l'appel d'une dame à la voix fluette. Elle se présente : Geneviève Beaupin de La Roque-sur-Pernes. Un chien aboie derrière, je ne comprends rien à ce qu'elle dit, et puis le chien se tait et une phrase crève le silence – c'est votre père, il est mort. Ma bouche ne trouve aucun mot à articuler. L'annonce du décès de mon père officialise un nouveau statut : je suis orpheline. Mes parents n'existent plus, je suis un enfant au passé. Que croire sinon le vide, sinon la peur. Est-ce que mon père m'aimait. Cette question flottera en moi jusqu'à la fin des choses. L'autre jour, j'aurais pu lui demander au détour de rien – tu m'aimes papa ? mais la réponse aurait eu le goût de frites froides. Geneviève reprend la parole, il y a autre chose, les perroquets, ils sont morts eux aussi, sauf le grand, le grand bleu. Je lui suggère de relâcher la bête, puis je raccroche et m'effondre.

Je pense au corps de mon père que Geneviève a trouvé, étalé devant les oiseaux en cage. Depuis combien de temps il était là, idiot, par terre. J'imagine les perroquets gueulant en vain papa dans les nuits seules et se laissant crever par amour – ils sont sentimentaux.

Votre père est mort d'un arrêt du cœur – voilà ce que dit Geneviève. Mais peut-on seulement mourir d'autre chose ? À la fin toujours, le cœur s'arrête.

Je suis au supermarché devant du liquide vaisselle hypoallergénique bon pour la planète, mon téléphone vibre. Un SMS de Livio s'affiche sur l'écran: *Les flics me collent au cul, s'ils remontent jusqu'à toi, tu fermes ta gueule, capito!* Une panique se répand dans mon estomac puis très vite colonise chacun de mes organes jusqu'à asphyxier toute pensée logique. J'ai beau avoir vidé les lieux, jeté aux ordures les preuves, effacé les traces, je me mets à transpirer. J'abandonne mon caddie dans le rayon ménager et me réfugie à l'intérieur d'une cabine d'essayage dont je tire le vieux rideau. Assise sur le tabouret, je tente de remettre mes idées en place mais elles se tirent n'importe où: c'est un jeu de ball-trap. Est-ce qu'on va me foutre en prison. L'exercice illégal de la profession de vétérinaire, c'est combien au pénal. Je tape dans Google les mots-clés et des gouttes tombent de mon front, tombent le long de mon dos, tombent un peu partout.

Est-ce que Geneviève a libéré le perroquet ? Je dois m'assurer que Carmen s'est tiré quelque part, une forêt, un parc, un buisson. Il ne faut plus qu'existe le moindre lien entre moi et ce foutu volatile. J'appelle Geneviève plusieurs fois mais je tombe en permanence sur son répondeur : coucou c'est Geneviève laissez-moi un message.

Mon collègue à la peau grise n'est pas venu travailler, abandon de poste. Dans la rue et sur les murs de l'animalerie, il a punaisé des images d'animaux en sang, maltraités, amputés, avec la mention : *TOUS COUPABLES !* Une nausée se précipite dans ma bouche. Je rends devant la cage des belettes qui me regardent avec leurs yeux pleins de mansuétude.

À midi, je mange un menu Maxi Best Of au McDonald's. Entre deux potatoes, je contacte Livio sur WhatsApp. Je veux savoir si les flics ont une piste. Il voit mes messages, la mention *lu* apparaît sur l'écran mais il ne répond pas. Je lui écris une dizaine de SMS qui restent sans retour, je panique.

Mon téléphone note que j'ai appelé Geneviève soixante-sept fois. Je compose son numéro la nuit. J'essaie chaque heure. Répondeur. Répondeur. Camille tente de me raisonner, il dit que je deviens complètement parano. J'insiste. J'appelle la vieille. Encore, encore. Il est huit heures un dimanche et c'est Bertrand Beaupin, son fils, qui répond à sa place. Il m'apprend en larmes que sa mère est morte d'un arrêt du cœur. Une culpabilité s'infiltre entre les murs de ma conscience : c'est un dégât des eaux.

Depuis quelque temps, les gens meurent plus que d'habitude. Ils meurent d'un arrêt du cœur. Les médias s'emparent du fait divers.

Ils continuent de mourir. Ils meurent un peu partout. Dans le sud de la France. Le Nord. À l'est. À Paris. Ils meurent d'un arrêt du cœur. Le taux de mortalité est anormalement élevé. Des reportages de familles endeuillées passent en boucle sur les écrans, à la radio. On ne voit, on n'entend que des larmes, la sidération. Les cimetières et les crématoriums sont pleins ; on y fait la queue. Les hôpitaux sont vides. Je n'arrive pas à trouver le sommeil. Je suis gagnée par une terreur profonde. Des cernes gris dévorent mon visage. Je ressemble de plus en plus à ma grand-mère. Tout explose dans ma tête, les prophéties, mon père, Geneviève, tous ces cœurs qui s'arrêtent. J'ai peur pour mon fils.

Un jour tu le perdras.

J'appelle Livio. Il me raccroche au nez. Je veux savoir si une enquête est en cours. Je le rappelle et menace son répondeur, je pourrais très bien le balancer et me mettre hors de cause, raconter les lions, scorpions, oiseaux, cornes de rhinocéros, serpents, singes, tout son trafic dégueulasse. À minuit, il m'écrit : *Fous-moi la paix sinon tu vas le regretter !*

Trois jours plus tard, je sors de l'animalerie, un type marche derrière moi. Il porte un manteau long comme la mort. Il me colle. Une capuche ensevelit son visage ; il est une ombre d'ogre. Mon cœur m'attire vers la peur. Je cours à travers les bagnoles qui klaxonnent et m'insultent.

Même les enfants meurent. Même les bébés. On ne comprend pas pourquoi. Ils meurent, c'est tout. Un caillot visqueux obstrue l'artère coronaire droite, et c'est plié. Les journaux parlent de thrombus géants. *Avant que le thrombus d'une taille spectaculaire se forme et provoque l'arrêt cardiaque, on a pu observer chez certains sujets une pâleur soudaine, des yeux très secs, un rictus de douleur* – la mort et son rire.

Je scrute Gabriel. Tire ses yeux. Vide à l'intérieur trois doses de sérum physiologique. Puis serre son petit corps dans mes bras en lui promettant qu'il ne va pas mourir. Son regard se charge d'une frayeur épaisse. Il me repousse violemment, se réfugie au creux de son père.

Devant l'animalerie, sur le trottoir en face, le type au manteau noir de l'autre jour me fixe. Il passe le long de son cou le pouce mimant le couteau. Je n'arrive pas à crier, je m'enfuis le cœur pété. Ma bouche et ma langue sèchent. Je n'ai plus de salive. Plus d'air. Plus de certitudes. Est-ce que j'ai rêvé ? Non, le manteau avance vers moi. Je me jette dans une impasse et me cache derrière une camionnette, les poumons durs. J'appelle Camille qui ne décroche pas. Je bombarde sa messagerie de phrases sans verbe. Les mains Parkinson, je compose le numéro de Livio, il a envoyé ce mec pour que je ferme ma gueule ! Je hurle : j'vais aller chez les flics et t'iras crever en taule connard. Le téléphone s'éteint – batterie vide.

Je reste planquée jusqu'à la nuit, le noir. Puis je marche, la tête basse, dans la ville. Je fais des détours. Je descends les marches du métro, monte dans un wagon, m'assois. La lumière est jaune. Les gens me regardent. Ils me regardent tous. Vertiges. Nausées. Je sors à la station suivante. La rue, les phares des voitures, les cris de la ville. Mes yeux flous se posent sur les gros titres dans les kiosques à journaux : « L'hécatombe », « La peste invisible », « L'enfer ».

Épuisée, j'arrive chez nous et Camille est blanc. Son attente a été un calvaire. Il a appelé la police. Les hôpitaux. La morgue. Il craque. Il chiale. Il dit : c'est plus possible.

Je rebranche mon téléphone. Sur l'écran bleu s'affiche ce message étrange de Livio : *Tu vas faire des millions de vues !*

Les images que je vois à travers la télévision sont insoutenables. Elles brûlent mon cerveau à l'acide. Le monde est un cimetière. Je balance une chaise sur le poste. Je ne veux plus subir ça, la violence en permanence, bombardée. J'interdis à Gabriel de regarder les écrans, d'écouter la radio, de retourner à l'école. Il pleure. Crie. S'enferme dans sa chambre. Je demande à Camille s'il a peur. Il répond : oui j'ai peur de toi.

Mardi 21 juin 2023 – l'été.

Ma peau recommence à me haïr. Je suis couverte d'un psoriasis qui me démange. J'en ai sous les bras, dans les plis de ma peau. Je passe une crème inutile sur mes plaies. J'enfonce mes ongles dedans et me griffe jusqu'au sang. Je ne retourne pas travailler.

Gabriel veut aller à l'école. Je lui interdis. Il me traite de folle. Je le claque. C'est la première fois que je lève la main sur mon fils. Camille est en rage. Il ne me reconnaît pas, répète que j'ai besoin d'aide, que je pète les plombs. Il ne veut pas comprendre que je protège mon gosse, que je suis sa mère, que mon devoir est de le maintenir en vie, les gens meurent, même les enfants meurent !

Je reste des heures dans mon lit, les yeux ouverts sur le plafond, les pensées explosées, la peau pleine de champignons.

Gabriel a de la fièvre. Son corps est un feu. Je passe sur son front un linge humide, il hurle. J'écoute ses respirations douloureuses, son cœur, sans arrêt. J'ai l'air d'un fantôme usé. Je mange la dernière poignée de terre. Je fais appel aux forces telluriques de mon île pour qu'elles guérissent mon fils. La terreur est un gardien de prison qui me broie. Ma tête se remplit à ras bord de mon fils.

Un jour tu le perdras.

L'état de Gabriel empire. Il ne tient pas debout. Il ne mange pas. Il ne boit rien sans vomir. Mes prières à la terre sont vaines. La terre ne me protège plus. Mon corps pèle. Il plie. Gabriel est muet. Son silence se plante dans mon cœur. Je ne peux pas rester là, rester dans cette chambre, et regarder mon fils s'éteindre. J'épie ses yeux. J'épie sa bouche. J'ai peur d'y voir apparaître le rictus immonde. J'avale des pilules pour dormir. Je prends la fuite. Je fuis comme une coupable, une incapable. Je fuis sur les chemins troués de ma raison. Je laisse Camille s'occuper de tout. Dans notre immeuble, deux personnes sont mortes.

Je me réveille toutes les cinq heures, engluée d'angoisse. Je ne veux rien connaître de l'état de Gabriel, de l'état du monde. Je me nourris de somnifères, d'eau et d'anxiolytiques. À chacun de mes réveils, le même cauchemar, la même question : est-ce que Gabriel est vivant ?

Camille a fait venir un médecin qui laisse une ordonnance à mon nom remplie de pilules à gober. Il chuchote sur le pas de la porte quelques phrases que je ne comprends pas et Camille hoche la tête. Puis j'entends : pour votre fils, il faut attendre, c'est une grippe. Une grippe en été ?

J'attends, léthargique.

Un jour tu le perdras.

Il est quatre heures du matin. Une douleur permanente s'est installée dans mon ventre. Je mange deux somnifères qui me terrassent. Avant de sombrer, mon téléphone vibre. Il pousse des petits bips insupportables. Je regarde dedans, il est criblé de messages. Facebook. Instagram. Des centaines de commentaires attaquent l'écran : une foule anonyme me lynche, m'insulte. Combien sont-ils ? Qui sont ces gens ? Je ne comprends rien. Je tombe dans un noir profond, je ne sais plus si le réel est vrai ou si j'habite une fiction.

Je me réveille en sursaut. Il est sept heures sur l'écran du téléphone saturé de notifications. Je plonge dans un flot ininterrompu d'injures. Une mer sale m'engloutit. Il y a des milliers de messages, c'est une toile d'araignée monstrueuse. Je remonte le fil, joue à saute-mouton avec les menaces, tente d'éviter les coups, les horreurs. Le monde entier veut ma mort mais la mort n'est pas suffisante. Il veut pour moi la souffrance, la torture, que l'on crève mes yeux, m'ampute et m'affame, qu'on me viole, me découpe en morceaux, me brûle, sorcière rousse, sur un bûcher à l'ancienne, qu'on me lapide, qu'on m'écartèle. Je tremble. Toute ma peau se liquéfie lorsque je découvre une photo de moi jetée en pâture sur les réseaux sociaux par @soleilhurlant, c'est-à-dire par Livio. Je pose, souriante, près de l'ara malade dans sa cage pleine de merde. Sous la photo, il a écrit : *C'est le patient zéro !*

Je gobe trois pilules. J'ai envie d'avaler la boîte entière.

Midi douze, je sors du coma, le corps lessivé, pesant. J'appelle Camille, il n'est pas dans l'appartement. Je rallume mon téléphone, qui n'en finit pas de me passer à tabac. Appels anonymes. Message : *Je sé où t'habites, je vais te crevé.*

Je marche, bancale, vers la chambre de Gabriel. J'entends ses gémissements, des maman qui s'étranglent dans sa bouche. Et tout s'éclaire, je comprends. Jacques Marrant avait vu. Il avait vu la mort dans les cartes, la mort partout. Je me souviens des mots qu'il a prononcés, fléau, cadavres. *Et la peste s'abattra sur le monde et tu assassineras ton père !* J'ai offert à papa un oiseau malade, un oiseau de malheur, porteur d'un virus funeste. Et le perroquet a tué tous les perroquets de l'élevage et le perroquet a tué mon père. Et Geneviève a libéré Carmen et Carmen a tué Geneviève. Et Carmen a infecté des hommes qui ont infecté des hommes. Et cetera. Et j'ai soigné l'oiseau pendant trois jours. Inhalé de l'air contaminé par ses déjections. J'ai nettoyé sa cage souillée sans masque. Pourquoi mon cœur n'est-il pas mort ? Darwin ! Combien de personnes infectées vont mourir, combien survivront ? Le virus loge-t-il encore dans mes cellules ? Ai-je tué cet homme embrassé à la piscine de l'hôtel ? Combien de gens assassinés dans le bus, la rue, le métro ? J'ai tué les voisins ? Combien d'enfants ont crevé par ma faute ? Je suis le patient zéro. Le patient zéro. Si le virus court toujours en moi alors je continue de tuer. Je suis en train de tuer mon fils ? La peur me découpe en morceaux taillés grossièrement. Est-ce seulement possible ? Tout est possible avec un virus. Je le sais. Je l'ai appris à l'école. Ma tête explose, c'est de la charpie. Je ne distingue plus la vérité de l'angoisse. Je dois anéantir la terreur qui m'avale et ce virus qui circule à l'intérieur de moi.

Je cours chercher dans la trousse à pharmacie la fiole de pentobarbital. J'attrape une seringue que je remplis du barbiturique et je la plante dans ma cuisse. Je n'ai plus qu'à appuyer et viendront la paix et le silence. Je pense au courage de ma grand-mère qui s'est balancée dans le vide, croyant, criant à la fin du monde. Mais je n'y arrive pas. Bloquée dans mon élan de mort, je n'appuie sur rien. La vie proteste, résiste, et je finis par retirer l'aiguille et pleurer comme un condamné sans fin.

Je me retourne et je vois le visage de Camille figé dans un cri muet. Camille aux premières loges de mon suicide raté. Je m'effondre contre ses jambes. Combien de larmes épuisent à cet instant son amour ?

Trois jours plus tard, Gabriel est guéri. Il colle sa tête dans mon cou, ne veut plus quitter mes bras, mange sur mes genoux, réclame un biberon, une tétine, un vieux hochet, se comporte comme un bébé apeuré, dort avec moi.

Chaque matin, une montagne d'ordures débordent de mon téléphone. Des haines entassées, une décharge publique. Les hommes ont la passion de punir – condamner et punir. Je ne peux m'empêcher de lire et lire ce qui me consume, me ravage.

Sur Twitter, une chasse est lancée. Il y a une mise à prix, des gens ont créé une cagnotte Leetchi. Des milliers d'euros sont versés sur un compte pour me buter. Ils ne sont plus un tribunal, mais des bourreaux. Un GIF animé fait le tour du Net : moi dans une guillotine, ma tête qui roule, moi dans une guillotine ma tête qui roule, moi dans une guillotine ma tête qui roule…

Camille me rabâche que rien n'est vrai, que je ne suis pas le patient zéro, qu'il faut que je me sorte ça du crâne une bonne fois. Personne ne sait d'où vient le fléau. L'animal qui a servi d'hôte au virus n'a pas été identifié mais le monde a besoin d'un coupable pour contenir sa peur. Il a besoin d'un bouc émissaire. Une rumeur passe, Cassandre, bientôt ils dirigeront leur haine contre un autre, tu verras.

Camille tente de me raisonner mais je sais qui je suis : c'était écrit.

@terebentine a écrit sur mon mur Facebook : *Je vais vengé tous les morts, sale pute, je vais crevé ton fils adorer quand tu t'y attends pas !*

Gabriel est en danger. Je fais promettre à Camille de prendre soin de notre fils en mon absence. J'ai préparé les sacs. Demain, ils partiront dans notre île, chez des amis de Pons. Je les rejoindrai plus tard lorsque les choses se seront calmées. On s'est dit ça – lorsque les choses se seront calmées. Une voiture doit venir me prendre et m'emmener dans un lieu sûr. Une baraque au milieu des arbres. J'y resterai jusqu'à ce que la haine meure.

Je passe la nuit dans les bras de l'amour. Ses cheveux dans mes mains. La douceur de sa peau contre mes peurs. Nos baisers couverts de larmes. J'enregistre au fond de ma mémoire les mots de Camille, un océan de mots entre nos corps liés – attache-toi à mon cou. Lorsque tu seras loin, observe les arbres, je serai quelque part dans le vent. Agrippe-toi à nos souvenirs, ils sont grands, ils sont immenses. Accroche-toi à notre enfant, souviens-toi de son rire d'oiseau. Je n'ai aimé que toi, le reste du monde n'a aucune importance.

Le lendemain, poussée par la violence des hommes, je dis adieu à mon fils : je m'arrache la poitrine. Comment fait une mère pour abandonner son enfant, quels mots choisir, quels gestes. Je regarde Gabriel. Je lui explique qu'il doit partir sans moi et un ouragan dévaste mon cœur. Je ne sais pas où je trouve la force de lui sourire quand la terre tremble dans les profondeurs de mon être. Je serre son corps de petit garçon et mon âme se remplit de nuit. Je respire ses cheveux, je colle ma joue à la sienne, à cet instant la douleur est si vaste qu'il n'y a plus de ciel nulle part.

Le taxi est en bas, faut y aller. Je m'inonde de l'odeur sucrée de mon fils. Je l'étouffe. L'écrase. Je voudrais manger un morceau de lui. Le cacher dans mon ventre. Je voudrais lui dire des mots interminables pour qu'il ne m'oublie pas, mais aucune phrase n'est à la hauteur de nos adieux. Gabriel m'observe, les yeux trempés et graves, et je ne trouve rien d'autre à lui raconter qu'une blague idiote qui fait jaillir son rire de nos tristesses. Son rire se précipite dans ma tête pour ne jamais en sortir. Et la porte de l'appartement se ferme sur mes yeux brisés.

La blague idiote était : où est-ce que les superhéros font leurs courses ? Gabriel ne trouvant pas la réponse, je lui ai crié : au supermarché ! C'est la dernière parole que j'ai dite à mon fils, supermarché.

8

Le perroquet

Dans le nord de la Bolivie, les savanes du Beni sont entourées de forêts. Dans ce coin mystérieux d'Amazonie, les plaines deviennent parfois une immense mer tropicale. Puis des sécheresses spectaculaires succèdent aux torrents d'eau. Au cœur de ce paysage hostile aux hommes, un perroquet vole. C'est un ara à gorge bleu. Un spécimen très rare. Une espèce en danger critique d'extinction. Un truc qui vaut cher. L'oiseau est braconné et balancé dans une cage. Elle-même balancée dans le coffre d'un camion qui roule durant des jours jusqu'à Caracas. Au port, le perroquet est entreposé avec d'autres animaux dans un container, direction la cale du cargo, l'océan, puis la Méditerranée. Après des heures interminables de claustration et d'enfer, le piaf s'échappe. Mais l'oiseau magnifique est malade. Il vole partout. Il tue en masse : c'est une chaîne morbide et implacable. L'ara bleu se cache un jour dans une forêt pour mourir. Le temps passe et les hommes ne perdent plus autant la vie mais ils perdent leur emploi. Ils perdent leur maison. Leur voiture. Ils perdent leur dignité. Le temps passe et ils perdent l'empathie. L'humanité. Accablés par la haine, remplis de fureur, les hommes détruisent à coups de pierre tout ce qu'ils trouvent. Jusqu'à la beauté. Et les glaciers fondent, fondent. La terre brûle. Les mers se soulèvent. Le ciel est sale. L'eau potable devient dispendieuse, c'est insupportable. Le temps passe et les hommes se remettent à périr de multiples façons, et puis un jour, c'est la fin de l'histoire. Les hommes disparaissent. Sous les bombes et un ciel froid. Une pluie de cendres.

La voiture blanche m'attend. Je monte à l'arrière. Je baisse la vitre pour être avec le vent. Les rues sont désespérées. Le ciel, très bleu. Paris est laid. Devant les distributeurs de billets, les queues s'allongent, interminables. À un feu rouge, une femme me mate, elle pointe son doigt sur ma tignasse rousse et me tire la langue. La voiture passe devant le théâtre du Châtelet puis quelques secondes plus tard l'animalerie. Je vois l'homme au manteau long assis, raide, sur un banc, on croirait du bronze. Je crie au chauffeur de s'arrêter. Je m'approche doucement du type, son visage est abstrait – bouche sinueuse, yeux rouges, front plié au centre, joues dures et couperosées. Il lève la tête et me regarde comme s'il ne me voyait pas. Je lui demande pourquoi. Pourquoi ? Il répond d'un ton neutre qu'il a voulu me faire peur après que son chien est mort, un chihuahua roux. Il raconte que je lui ai vendu un chiot malade, condamné, et qu'il a agonisé dans ses bras, il dit qu'à cause de moi il est seul au monde. Je m'excuse pour sa peine et remonte dans la voiture. Je regarde la ville qui s'éloigne, le cœur dans la glace. Si je n'avais pas pris ce pauvre type pour le sbire de Livio, je n'aurais pas menacé le bronzé d'aller chez les flics et il n'aurait pas balancé ma photo sur les réseaux. À l'heure qu'il est, le monde ne voudrait pas ma mort et je serais avec Gabriel. *Tu auras un fils, mais un jour tu le perdras.* J'ai précipité mon destin dans l'abîme en croyant l'éviter.

Je descends de la voiture cinquante kilomètres plus tard. Deux hommes me font entrer dans une baraque au milieu d'arbres immenses. Ça sent l'humus, les géraniums, la pelouse grasse. Combien de temps vais-je rester ici, noyée dans la culpabilité.

J'ai quarante-trois ans.

Les gens continuent de mourir en masse. On n'enterre plus les corps : on les brûle à la chaîne. Partout. Dans les fours mais aussi les jardins, les parcs, les stades.

Je n'ai pas le droit de sortir – dehors des types poignardent des femmes. Des femmes rousses. Ils me cherchent encore, vous comprenez, ils n'arrêteront jamais.

Je survis grâce à l'amour, aux lettres que Camille m'écrit chaque semaine. Elles me raniment. Je vous ai montré les cœurs de mon fils au bas des pages ? Dans l'enveloppe, ils mettent toujours un peu de ma terre rouge. Je la lèche, vous savez, ça me remplit.

J'ai quarante-quatre ans.

Je dessine le visage de mon fils, son nez, sa bouche. Des milliers de fois j'ai tenté de retrouver l'atmosphère de ses yeux. J'ai accroché son visage à tous les murs, à l'écorce de tous les arbres, même à mes draps. Quand me laissera-t-on partir d'ici ? Ma famille me manque. Où vont les lettres de Camille ? Je ne reçois plus rien. Sans amour, je meurs lentement. Dites-moi : pourquoi le silence ?

J'ai quarante-cinq ans et c'est la guerre, la guerre partout. On m'a changée d'endroit. On a posé mon corps dans une autre cabane, dans un plus grand bois. Camille ne sait pas où je suis. J'ai peur qu'il meure sous les bombes, j'ai peur de ne jamais le revoir. Les hommes sont des résistants, des idiots. Je survis grâce à de vieilles phrases plantées dans ma mémoire, *je n'ai aimé que toi, le reste du monde n'a aucune importance*. C'est la guerre, vous comprenez, la guerre. Je me réveille la nuit à cause des hurlements de Gabriel. Je sors de la chambre et je cours entre les arbres immenses, j'entends des *maman* partout. Mon fils me réclame et j'erre au milieu du noir. Je suis une résistante, une idiote : mon cœur combat toutes les souffrances.

J'ai quarante-sept ans et les oiseaux continuent de disparaître, les glaciers de fondre, les hommes de crever de violence. Une violence collective, ontologique, acharnée – ils croient en la dévastation. Est-ce moi qui ai précipité le monde dans le chaos ? Est-ce que j'ai tué mon père ? Je ne me rappelle pas. Dites-moi où je suis : un asile ou une prison ?

Ils ont fini par oublier qui j'étais et ce que j'avais fait. Mon image s'est perdue, elle s'est dissoute. Un jour un type m'a demandé comment je m'appelais et j'ai répondu Carmen et j'ai chanté Bizet. Cassandre n'existe plus, vous comprenez, je peux quitter cet endroit plein d'arbres, je suis libre, enfin libre. Laissez-moi sortir ! Je vous en supplie. Gabriel va avoir treize ans et il a besoin de sa mère, on n'a qu'une mère au monde. Laissez-moi serrer mon fils contre mon cœur.

J'ai cinquante ans et les girafes n'existent plus.

J'ai cinquante-trois ans, la chaleur a tout envahi en quelques années, personne n'avait cru cela possible, autant de degrés en plus. La sécheresse a pénétré le monde, et les rivières et les fleuves se sont taris. Beaucoup de gens sont venus habiter ma forêt. Il n'y a que les arbres pour nous sauver. Les arbres et les oiseaux.

Je parle à la grâce des oiseaux. Tous les jours, inlassablement, les oiseaux chantent le rire de mon fils et ça m'empêche de mourir. Mon fils est un prince. Il va venir me chercher. Il a dix-huit ans aujourd'hui, il va venir, vous verrez, je suis sa mère et on n'a qu'une mère au monde. L'amour d'une mère est un amour impossible. Il est si vaste qu'il ne peut tenir dans un cœur. C'est un amour qui déborde. Qui retire de votre esprit la raison. C'est un amour dément. Inhabitable. Irrespirable.

Où es-tu mon enfant ?

Ce matin, un type m'a parlé de raz-de-marée gigantesques, de la Terre qui a tremblé cent fois, des incendies et de villes entières qui ont disparu.

J'ai cinquante-sept ans et je dois vous le dire : hier j'ai vu un homme tuer un chien pour le manger.

J'ai cinquante-huit ans, on m'a laissée sortir du bois avec d'autres comme moi, quelques heures. J'ai marché sur des routes sans voitures, des routes pleines de terre, de pierres, pleines d'herbes. Je me suis baissée et j'ai mangé la terre. C'était presque le silence – le gâchis du monde. Il faisait si chaud que ma peau a fondu. Est-ce que mon fils a de quoi se nourrir ? Est-ce qu'il a soif ? Bientôt, il viendra me chercher et on partira tous les deux, vous verrez.

J'ai soixante ans et j'ai vu sur des écrans des enfants se droguer pour ne plus habiter le monde. J'ai vu des enfants avaler des capsules dorées et se jeter d'un pont, ils se filmaient en train de le faire. Ils étaient hystériques, ils dansaient en se tenant la main. Ils faisaient une ronde et ils chantaient ensemble. Quand ils ont sauté, leurs mains étaient liées les unes aux autres. Ils avaient l'air heureux de mourir.

Est-ce que mon fils s'est jeté d'un pont ? Je voudrais savoir si mon fils s'est jeté d'un pont ! J'ai le droit de savoir : je suis sa mère !

Il paraît que des milliers de corps se sont perdus dans les mers du monde et que les poissons les ont mangés. Est-ce que les poissons sont devenus fous ? Est-ce que mon fils gît au fond de l'eau.

J'ai soixante-douze ans, je suis aveugle. Des caillots de sang se sont formés dans mes yeux et tout a explosé, c'est ce qu'ils m'ont dit. Ils mentent ! Ils ont crevé mes yeux. Je ne reverrai jamais mon fils. Le visage de mon fils.

Je ne me rappelle pas mon âge.

9

Le sable

Autour d'une vieille femme s'étale un immense désert d'où surgissent de temps à autre des serpents, des scorpions, un vent chaud et puissant.

Depuis combien d'années je suis dans cette cabane au fond du bois. Des tas de gens squattent les arbres. Ils fuient la chaleur et survivent sous des tentes ou dans des baraquements. Je dors plus de quinze heures par jour. Beaucoup de squatteurs sont devenus fous. Il y a un type avec une barbe moche qui répète en boucle : un fou ne fait jamais que réaliser à sa manière la condition humaine. Il marche entre les arbres en gueulant cette phrase et la phrase rebondit et se cogne dans les coins de mon crâne, elle ne s'arrête pas de mourir et de renaître si bien qu'elle devient une phrase infinie, une phrase insoluble. Parfois les mots font des écarts de route, ils partent en diagonale, s'emmêlent, et le sens disparaît, jamais un fou ne fait que réaliser la condition humaine à sa manière, la condition humaine ne fait que réaliser un fou, jamais un fou, réaliser un fou. Mon esprit est mou. La fatigue piétine mon corps. Je passe le plus clair de mon temps allongée sous les arbres. Je m'endors et c'est une éclipse épaisse au cœur de laquelle les mots fondent, comme les glaciers de l'Arctique.

Je me réveille dans un air immobile, brûlant, j'ai soif. L'eau de la bouteille a un goût de fer. Tout est pâteux à l'intérieur de moi. Un fou ne fait jamais que réaliser à sa manière la condition humaine. Je fais quelques pas craintifs puis je colle une oreille au mur. J'entends des pas. J'entends des rires bizarres. Je passe mes doigts sur mon visage embrouillé de rides. J'essaie de trouver dans tout ce chaos ma bouche qui ne sourit plus. Je touche mes cheveux qui sont compacts et filandreux. Mes cheveux sont des nids d'oiseaux !

Il frappe à la porte et il entre. Je reconnais son odeur de sous les bras. Il s'installe sur la chaise à bascule qui couine. Il fait toujours ça, basculer. J'entends le froissement de son pantalon quand il croise les jambes. Il me dit bonjour avec une voix très douce. Puis il me demande, invariablement, mon nom. Je réponds Carmen et je chante Bizet. Parfois je ne réponds et ne chante rien. Je ne sais pas qui est cet homme. Un fou du bois. Un type qui cherche ma vérité. J'aimerais rencontrer son visage, déceler la profondeur de son âme, mais je suis aveugle. Mes yeux sont des tombes, vous savez. Après que j'ai quitté mon fils, mon chemin s'est perdu. Caché au fond de la nuit.

Il me pose des questions qui déshabillent mon esprit et auxquelles je ne réponds pas. Il me demande de lui raconter mes rêves. Les grands cauchemars qui marquent mes sommeils. Alors je raconte :

Les millions de papillons qui volent vers les villes pour défigurer les Hommes.

Les rats, gros comme des moutons.

Je décris des ciels assassins.

Un raz-de-marée noir se jetant sur le monde.

Les crapauds et leur bave dégueulasse.

Je dis les avions qui s'abîment aux quatre coins de la terre.

Les chiens qui dévorent leurs maîtres.

Un perroquet bleu tuant l'humanité entière.

Le sable et les bêtes.

Je raconte à cet homme mon triste destin. L'apocalypse c'est moi, vous comprenez, mais personne ne me croit. Le monde a chu et personne ne me croit.

Je me lève péniblement de mon lit et je vais m'asseoir sous les arbres. L'homme me suit. Il ne sait pas pourquoi je passe autant de temps ici, à ne rien faire qu'écouter les oiseaux. Ce n'est pas leur chant que j'entends mais le rire étrange de mon fils qui vole au-dessus de moi.

Dans les décombres de mon âme, il y a trop de nuit. Mon crâne est un sablier qui se vide. Je ne sais pas où est partie ma mémoire, dans quel repli de mon cerveau. Tout est inoccupé et perdu. Je ressemble à un fantôme de château, allant de pièce en pièce, cherchant en vain quelque chose. Mais quoi. J'ai oublié les mots des hommes. Je ne parle qu'à moi-même, c'est-à-dire à personne. Je suis un nouveau-né, déjà las du monde. Je ne sais pas quel est mon âge mais je me tiens si près de la mort que je peux la sentir au bout de mes doigts. On me donne de la nourriture avec une paille, des machins liquides ou mous. Il y a un homme à mes côtés. Il a une voix douce et grave. Il essaie d'allumer une lumière dans ma nuit mais je ne comprends rien à ce qu'il raconte. Il articule un langage inconnu, des phrases fatigantes. J'ai envie de dormir à chacun de mes efforts minuscules, et l'homme me traîne dehors dans une chaise qui roule. Il arrête la chaise dans un rayon de soleil qui chauffe un instant ma peau.

Mes yeux sont un désert. C'est donc dans ce désert que finira le monde, une terre grise et brûlée. Je voudrais m'en aller, rejoindre l'autre rive, trouver la mer, lisse et bleue, n'être qu'une forme floue, libérée de mon corps épuisé. La vieillesse est une cabane au fond des bois, abandonnée. Je voudrais disparaître. Je ne me rappelle pas ma vie, les grands chemins de ma vie. M'a-t-on seulement aimée. M'a-t-on couverte d'amour. Je sens qu'au fond de mon être le monde s'est consumé. Le réveil des volcans, les vengeances du ciel, j'ai survécu à tout ça. Je ne me souviens de rien de précis mais parfois surgissent dans le noir des éclairs furtifs, ce sont des sensations qui passent, quelques secondes à l'intérieur desquelles je vois de nouveau. Je vois des images vives qui me font du bien. C'est une rivière qui coule, un vieux monsieur qui me regarde, un garçon très blond sur un cheval, c'est un bébé dans mes bras. Les images résistent un peu avant de se dégrader, avant de s'enfuir, et l'homme pousse la chaise dans les allées. Ça sent comme un parfum. Le garçon caresse ma joue avec ses doigts. Je lui tire la langue et il éclate de rire. Tiens, c'est étrange, je pleure. Des larmes coulent de moi sans que je ne sache d'où elles viennent, de quel chagrin, de quelle joie, elles coulent et je n'arrive pas à les freiner, c'est un petit torrent. L'homme me serre dans ses bras doux. Il me murmure à l'oreille des mots illisibles. Je pleure comme une enfant perdue. Je pleure depuis que nous avons pénétré le fond de ce bois et que des dizaines d'oiseaux se sont mis à chanter.

10

Le royaume

Je rejoins la nuit. Je quitte mon corps un après-midi dans un ciel pâle. Un homme est assis à côté de moi, il dort. Je me détache et je deviens quelque chose comme le temps, l'espace, la totalité du monde. Je suis le vent, la feuille qui tombe de l'arbre, l'odeur de l'orange posée sur la table de chevet, une goutte de pluie, tous les océans. Je suis la douceur d'un pétale, la rage d'un volcan. Les murs autour de moi ont disparu, ils se sont dissous. Je flotte cachée dans les ombres secrètes. L'homme assis près du lit se réveille. Il comprend que mon cœur est mort. Je sens son chagrin m'envahir, envahir l'ensemble du ciel. Il dépose sur mon front un baiser tendre puis s'écroule contre ma peau si vieille. Il pleure, et dans ses mains pleines de larmes, il répète : au revoir maman. J'entends la voix de mon fils. Je vois son visage. Tu es si beau. Tu m'as donc retrouvée mon enfant. Sais-tu que je t'ai attendu toute ma vie ? Je voudrais murmurer à ton oreille que la mort n'est pas tout à fait la mort ; je sais que nous nous retrouverons.

Une âme réalise la condition humaine.

Soudain, une clarté chaude m'absorbe et je m'évapore. Je fuis à une vitesse impensable dans le vide des univers, dans les grands ciels au-delà. J'approche l'état de grâce. Pendant mon voyage, je dis adieu à la beauté du monde, aux animaux et aux planctons, à tout ce qu'il y a de vivant et que je n'ai pas regardé, ou si peu, je dis adieu aux arbres, aux fleurs, aux couleurs insensées du monde, je dis adieu à sa perfection. Peut-être pourrai-je un jour les voir à nouveau, les choyer, les protéger.

C'est l'entrée du royaume, un ciel profond, mauve et ardent. Je vois mon père qui me tend une main impatiente. Il m'attire dans ses bras et me demande pardon. Il me dit qu'il m'aime. Le vide dans lequel mon esprit se noyait se remplit d'une paix immense. Pépé m'accueille dans son short en lin. Il me sourit – tu as vu ma chérie, nous sommes l'univers. Et ma mère danse, étoile parmi les étoiles, elle danse comme Margot Fonteyn. Ils ressemblent à des êtres brillants et jaunes, comme du feu. Ils me couvrent de lumière.

Camille m'attend dans son irréversible beauté. Il me raconte sa mort subite, un anévrisme au bord de l'eau, avant la Troisième Guerre du monde. Il dit qu'il a pensé à moi chaque jour et que je lui ai beaucoup manqué. Je cherche Samuel mais il n'est pas là, il habite encore la terre. Jonas s'avance vers moi et tague le noir avec une bombe argent. Au milieu du cosmos, il écrit *Chrome = Chien*. Santiago se met à chanter. Il chante pour tous les hommes qui sont nés, ont vécu puis sont morts avec leurs souvenirs fragiles.

Un trou se forme. Je plonge. Et je m'en vais à la vitesse de la lumière avec les quelques visages qui ont fait ma vie.

Maintenant tant d'années ont passé, et je suis encore là, à traîner quelque part. Je suis si vieille que mon âge n'a plus d'importance. Je fais partie d'une énergie invisible, de la force mystérieuse de l'expansion. J'appartiens à toutes les consciences mêlées. Dans notre royaume, le temps est devenu insignifiant et les étoiles sont mortes. Même la lumière n'est plus. La chaleur a disparu. Le vide est froid, sombre, permanent. Même les trous noirs ont explosé. Et le cosmos a chu. Tout a fini par mourir, sauf nous, les âmes mêlées. Nous continuons d'avancer au cœur des nuits profondes, poussées par ce qu'il nous reste lorsque l'on a tout perdu, portées par l'amour.

Nous sommes l'amour. Nous sommes un amour immuable, puissant, infini. Maintenant il n'y a que l'amour, et le silence.

Cet ouvrage a été composé
par Maury à Malesherbes
et achevé d'imprimer en France
par CPI BUSSIÈRE (18200 Saint-Amand-Montrond)
pour le compte des Éditions Stock
21, rue du Montparnasse, 75006 Paris
en décembre 2021

PAPIER À BASE DE FIBRES CERTIFIÉES

Stock s'engage pour l'environnement en réduisant l'empreinte carbone de ses livres. Celle de cet exemplaire est de :
700 g éq. CO_2
Rendez-vous sur
www.editions-stock-durable.fr

Imprimé en France

Dépôt légal : janvier 2022
N° d'édition : 01 - N° d'impression : 2062342
89-51-8983/6